La Vierge et le Gitan

DU MÊME AUTEUR
(titres disponibles)

Constance Chatterley : la première version de Lady Chatterley, Autrement, 2005
Jack dans la brousse, Gallimard, 2004
Être vivant, Éditions du Rocher, 2004
Arc-en-ciel, Autrement, 2002
Femmes amoureuses, Gallimard, 2002
Les Filles du pasteur, Gallimard, 2001
L'homme qui connut la mort, Alternatives, 2001
Amantes, Autrement, 2000
Le Renard, Stock, 1999
La Princesse, Gallimard, 1999
L'Amant de Lady Chatterley, Le Livre de Poche, 1997
Kangourou, Gallimard, 1996
Amants et Fils, Gallimard, 1992
L'Homme et la Poupée, Gallimard, 1992
L'Étalon, N. Blandin, 1991
L'homme qui aimait les îles, Pardès, 1988
Mr. Noon, Calmann-Lévy, 1985
La Verge d'Aaron, Gallimard, 1985

David Herbert Lawrence

La Vierge et le Gitan

Roman

Traduit de l'anglais par E. Frédéric-Moreau
Revu et corrigé par Corine Derblum

Préface de Jean-Louis Curtis

LE SERPENT À PLUMES

Collection Motifs

MOTIFS n° 235

Illustration de couverture : © Karen Petrossian,
Olivier Mazaud, Bernard Perchey

Titre original : *The Virgin and the Gipsy*

N° ISBN : 2 268 05661 9

À PROPOS DE L'AUTEUR

David Herbert Lawrence, fils de mineur, né en 1885 dans le Nottinghamshire, a consacré sa vie à la libération des contraintes sociales, et à la défense de la liberté. En 1912, il rencontre Frieda von Richthofen qui méprise autant que lui l'hypocrisie d'une société anglaise étouffée par la morale, et qui, pour le suivre, quitte mari et enfants. En 1913, en Italie, D.H. Lawrence commence un roman intitulé *Les Sœurs* qu'il remanie longuement avant de la diviser en deux parties : *Arc-en-ciel*, publié en 1915 et *Amantes*, publié en 1920. *L'Arc-en-ciel* est censuré pour obscénité en novembre 1915, *L'Amant de Lady Chatterley* subira, plus tard, le même sort. L'Angleterre et son tabou du corps seront responsables d'un exil qui durera toute sa vie, de l'Italie à l'Australie en passant au Nouveau-Mexique, jusqu'à sa mort à Vence, en 1930. Il laisse une œuvre abondante, qui mêle romans et nouvelles, pièces de théâtre, poèmes, essais et récits de voyages.

PRÉFACE

JUSQUE VERS LE MILIEU *du* XIXe *siècle, la psychologie en usage dans le roman s'attachait à l'analyse des sentiments dont on a pleinement conscience et que l'on peut exprimer en termes clairs. D'autre part, elle s'interdisait, par pudeur ou bienséance, ou parce qu'il n'était pas jugé digne d'intérêt, le monde intérieur d'impressions fugitives, imprécises, de pensées troubles, de pulsions incontrôlables, qui semble régi par ce qu'il y a en nous de plus brutal et de plus élémentaire : la violence, l'agressivité, la peur, le désir. Ce qui n'empêchait pas les grands romanciers de suggérer avec force ces hauts-fonds de la vie subconsciente, quand ils pensaient que c'était nécessaire ; mais ils le faisaient par le truchement d'un langage qui restait celui de la raison et du bon ton. D'une façon très générale, l'objet de leur examen était l'homme en société, confronté à des problèmes d'établissement, d'ambition, d'argent, d'amours licites ou illicites selon les normes morales de l'époque et du pays où il se trouve vivre, plutôt que l'homme dissocié du cadre social qui est le sien, et animé par des mouvements instinctifs très proches de ceux régissant les espèces animales.*

Avec Dostoïevski, le regard du romancier plonge à des profondeurs psychiques que l'on n'avait guère explorées avant lui ; et les moyens d'investigation de ces abîmes ne ressemblent plus à ceux qu'utilisaient ses devanciers pour décrire les amours contrariées de leurs personnages ou leurs conflits avec la société. Entre 1850 et 1920, pendant soixante-dix années prodigieuses de richesse et d'invention, apparaissent les œuvres de Dostoïevski, Henry James, Marcel Proust et James Joyce, qui ont modifié le champ de la vision romanesque en substituant aux aventures de cœur et aux conflits d'ordre moral et social le drame de la conscience solitaire, et en explorant avec une liberté et une intrépidité jamais atteintes jusqu'à eux les zones obscures de la psyché.

C'est à cette constellation de génies créateurs qu'appartient D.H. Lawrence. Il élabore son œuvre au moment où l'Angleterre édouardienne commence à se libérer du puritanisme victorien. Dans ses premiers romans, mais surtout à partir de L'Arc-en-ciel, *publié en 1915, il décrit les relations amoureuses entre l'homme et la femme, l'ambivalence des sentiments, le flux et reflux du désir, comme personne ne l'avait fait avant lui. On sent qu'il s'agit là, pour lui, de l'expérience cruciale de toute existence humaine. L'un des tout premiers parmi les romanciers de cette époque, il a pressenti l'ambiguïté de ces relations, et qu'elles pouvaient à tout instant éclater en guerre des sexes. Il craint la domination féminine. Fils aimant d'une mère idolâtre, il sera dominé par son épouse, Frieda, qu'il décrit comme une autre « mère dévoreuse ». Cette méfiance à l'égard de la femme lui fera rêver toute sa vie d'une amitié virile privilégiée. Lawrence vit donc au cœur d'un réseau de sentiments et de pulsions contradictoires. Peu à peu, de roman en roman, une conception émerge, que l'on pourrait définir sommairement comme un anti-rationalisme, assorti d'une nostalgie passionnée des modes de vie antérieurs à la civilisation occidentale. Lawrence croit que l'homme blanc d'Occident est dévitalisé, stérilisé par l'intelligence discursive, la rationalité, l'excès de science et de technique, – qu'il a perdu le contact intime et vivifiant avec la nature, et le sentiment du mystère de l'univers. En d'autres termes, la civilisation moderne tend à faire du citadin du XXe siècle une machine pensante, un robot technicien, c'est-à-dire un être qui est coupé de ses racines, qui n'est plus le bel être fier et sensuel qu'il fut peut-être à l'origine de l'Histoire humaine. Comment restaurer en nous, dans le monde actuel, cet être épanoui et vraiment viril dont on retrouve le type dans les ethnies archaïques, « primitives », qui subsistent encore sur la terre, par exemple, les Indiens du Mexique ou du Nouveau-Mexique ? Quel pourrait être le moyen de cette restauration ? Le plus sûr, peut-être même le seul disponible, est l'union charnelle de l'homme et de la femme, à condition qu'elle soit vécue comme l'accomplissement d'un rite sacré. L'œuvre de Lawrence est une exaltation de « l'amour phallique » comme accès possible vers une communion mystique avec l'univers.*

Sa pensée est, bien entendu, plus riche que le schéma que je viens d'en donner, mais aussi plus confuse. Dans les romans d'après 1920, Femmes amoureuses, Le Serpent à plumes *et surtout* L'Amant de Lady Chatterley, *le thème de l'amour phallique est orchestré avec splendeur ; mais Lawrence verse aussi, parfois, dans le didactisme. Le ton se fait quelque peu prédicant, le romancier tourne au prophète. Il n'en est pas de même dans les récits, ces* long short-stories *dont les écrivains anglais semblent avoir le secret, intermédiaires entre la nouvelle de quelques pages et le roman, mais dont la densité, chez des auteurs comme Henry James, Lawrence, Joyce, Conrad, et, à l'étage juste au-dessous, Graham Greene et Somerset Maugham, les rend aussi intéressants que des œuvres plus ambitieuses. Lawrence a écrit quelques récits qui sont de véritables merveilles :* Le Renard, L'Amazone fugitive, La Vierge et le Gitan *sont parmi les plus accomplis.*

Ils ont ceci de commun qu'ils racontent l'éveil de la sensualité chez une jeune fille, ou la découverte de la sensualité chez une jeune femme, lorsqu'elles sont confrontées à un homme fruste et fort, inférieur à elles par le rang, la culture, mais rayonnant d'aura sexuelle et d'exubérance vitale. Chez l'amazone fugitive, la découverte va beaucoup plus loin : au-delà de la sexualité, la jeune femme est attirée par une sorte de culte initiatique, une religion primitive barbare, impliquant un sacrifice humain où elle consent à être la victime.

Il est à remarquer aussi que, dans les récits comme dans les romans, le point de vue adopté par le romancier est, le plus souvent, celui de la femme, comme si Lawrence s'identifiait à son personnage féminin afin de mieux communiquer au lecteur la nature de la révélation panthéiste qui, selon lui, ouvrirait la voie à une régénérescence de l'espèce humaine.

Au début de La Vierge et le Gitan, *nous faisons la connaissance de deux demoiselles anglaises, Yvette et Lucile, dix-neuf et vingt ans. Elles sont les filles d'un pasteur dont la femme, autrefois, « s'est enfuie avec un jeune homme sans le sou », causant un énorme scandale dans le pays. Les deux petites ont donc été élevées par leur grand-mère, qu'on appelle la « Mater », et par une tante célibataire, Cissie. Lorsque l'histoire commence, elles viennent de passer une année à Lausanne dans une école de perfectionnement où les jeunes Anglaises de la bonne société parachèvent leur éducation. Nous sommes au milieu des années vingt. Lucile et Yvette, cheveux courts, chapeaux-cloche et robes aux genoux, sont deux* flappers, *comme on disait alors, deux gamines délurées en apparence, ou qui jouent les affranchies, parce que c'est la mode, mais qui sont, en réalité, tout à fait naïves. D'entrée de jeu, Lawrence souligne la fausse liberté qui était alors celle des jeunes femmes de la bourgeoisie, au moment où s'amorçait un mouvement d'émancipation féminine qui ne devait pleinement s'accomplir que bien plus tard, au cours des années soixante-dix. L'aspect « garçonne », le langage potache, ne doivent pas faire illusion. Innocentes, et résolues à le rester jusqu'à leur mariage, Yvette et Lucile ne mettent pas en cause le code moral et le système de bienséances de leur milieu. Certes, elles manifestent quelques velléités de rébellion à l'égard de leur odieuse famille, mais cela ne va pas loin. Elles ont reçu à l'école un mince bagage de connaissances formelles. Ni leur corps ni leur esprit ne se sont encore éveillés aux turbulences de la vie. Elles se meuvent dans une atmosphère morale ouatée, dormante, sans soupçonner ce que peut être la liberté. « Elles semblaient si indépendantes alors qu'en réalité, au fond d'elles-mêmes, elles étaient prises dans un labyrinthe de contradictions et d'étroites conventions. »*

Leur famille est affreuse de sécheresse, d'égoïsme, d'hypocrisie. La Mater impose son autorité sur un fils faible, peu viril, et sur une fille que le célibat a définitivement sclérosée. Le portrait de la grand-mère, « âme dure et sans merci », témoigne d'une cruauté où s'exprime la haine de Lawrence pour le matriarcat et pour les classes bourgeoises confites dans leur conformisme.

Soudain, pour la cadette des filles, Yvette, se produit une rencontre capitale. Au cours d'une randonnée en auto, dans la montagne : un homme qui marche sur l'étroite route, barrant le passage au véhicule. Il se retourne. « Le cœur d'Yvette bondit. L'homme était l'un de ces beaux bohémiens dissolus, au teint basané... Sa pose négligée, son regard indifférent, dénotaient l'insolence. »

Le bohémien est qualifié de « dissolu ». Par qui ? Non par le romancier, mais par Yvette elle-même, qui ne fait que répéter l'opinion publique : ces vagabonds sans foi ni loi ne peuvent être que dissolus, se livrer au plaisir sexuel avec une ardeur sans frein. Ce qui, en revanche, appartient vraiment au bohémien, ce qui saute aux yeux dès qu'on le regarde, ce sont deux qualités royales, la beauté et l'insolence : deux gifles décochées par le proscrit à la société qui le refuse et qui le craint.

Yvette ne formule pas ce qu'elle ressent devant l'apparition du bohémien, parce qu'elle ne sait pas ce que c'est. Son corps, sa chair le savent peut-être, mais ils ne disposent pas des mots pour le dire. Selon Lawrence, les rapports entre les êtres ne sont pas une appréhension intellectuelle, mais, d'abord, comme chez les bêtes, une approche muette, à travers une gamme très riche de sensations, d'infimes variations physiologiques. L'Autre est perçu dans sa masse charnelle, son magnétisme, le trouble que distillent son regard, sa voix. C'est un mystère vivant dont la proximité, effrayante, repoussante ou désirable, vous compromet à chaque seconde. « Son regard fixe avait quelque chose d'étrangement persuasif. Yvette le sentait, l'éprouvait jusque dans ses genoux. » « En elle, quelque chose de dur soutint la fixité de ce regard. Mais toute la surface de son corps sembla fondre en eau. Néanmoins, elle enregistra les contours singulièrement purs du visage de l'homme, [...] *l'étrange pureté, suave et mystérieuse, de tout son corps moulé dans le jersey vert : une pureté qui semblait un sarcasme vivant. »*

Le gitan n'a pas besoin de parler pour impressionner la vierge, la dominer. Il lui suffit d'être là : sa beauté, l'aisance animale de ses attitudes, de ses gestes, de sa démarche l'imposent d'emblée. C'est un tigre. On mesure aussitôt l'écart immense entre ce fauve rayonnant de vitalité et de grâce et les pauvres échantillons de l'espèce humaine que sont les divers membres de la famille d'Yvette. D'un côté, la liberté, une splendide floraison de vie. De l'autre, le morne asservissement aux codes sociaux. D'un côté, le sang, le sexe, l'instinct. De l'autre, le dressage mondain, le puritanisme.

Entre l'un et l'autre monde, la jeune Yvette, avec sa gracilité adolescente, ses façons un peu garçonnières, sa désinvolture de flapper *1925. Franchira-t-elle la distance qui sépare sa prison de la liberté incarnée par le gitan ? « En réalité, il n'y avait aucune entrave à briser, aucun barreau à limer, aucun verrou à fracasser. La clé de leur destinée reposait dans leurs mains. Et là, elle pendait inerte. » Pour Lady Chatterley, pour Ursule, Gudrun, Alvina et les autres héroïnes de Lawrence, il s'agit toujours de « forcer les portes inconnues de la vie ». Or, ce qui rend difficile cette effraction libératrice, ce n'est pas seulement l'ignorance, qui cherche en vain l'issue parce qu'elle ne sait pas où elle se trouve. Ce n'est pas seulement la peur de contrevenir à la loi morale. C'est aussi la distance énorme qui existe entre celui par qui doit venir la libération et celle qui voudrait se libérer : l'écart social entre Lady Chatterley et le garde-chasse, entre Alvina et le jeune Italien, entre l'amazone fugitive et les Indiens. Lawrence avait été le témoin, dans sa propre famille, des tensions causées par les différences de niveau social, et, en conséquence, d'éducation, de culture. Son père, le mineur, et sa mère, l'institutrice, s'aimaient et se déchiraient, ne pouvaient vivre ensemble. Issu du peuple, mais élevé par sa mère, et ayant acquis un vernis universitaire, Lawrence avait épousé une jeune aristocrate allemande, Frieda von Richthofen. Il sait de quoi il parle. Il est, après Thackeray et Dickens, l'un des écrivains anglais (un autre est George Gissing)* pour qui le système des castes est une rude réalité à laquelle on est confronté lorsqu'on appartient à la classe inférieure. (Ce thème sera repris, à la génération suivante, dans les années cinquante, par les *« jeunes gens en colère » que le gouvernement travailliste dotera de bourses pour qu'ils puissent, comme les privilégiés du rang et de la fortune, s'instruire dans les écoles chics, les* public schools.*) Il est significatif que, pour Lawrence, celui qui est accordé à la nature, l'être sensuel, non intellectualisé, mais* *irradiant de magnétisme sexuel, est toujours l'homme des classes inférieures. Lord Chatterley, blessé à la guerre, est paralysé et impuissant. Mais on comprend que cette paralysie accidentelle est le symbole de son impuissance morale, de sa stérilité.*

Lorsqu'on passe de l'Angleterre aux États-Unis ou au Mexique, le rôle de l'homme du peuple, du prolétaire, est transféré au sauvage, au « primitif » – le soldat mexicain ou l'Indien Pueblo, – exactement comme, de nos jours, en politique, à la suite de l'embourgeoisement du prolétariat européen, on a transféré l'espoir révolutionnaire des « classes laborieuses » au tiers monde.

Dans le récit, l'opposition entre les gitans et le petit milieu d'Yvette, entre les proscrits et les bien-pensants, les interréactions du gitan et de la jeune fille ne sont jamais formulées en termes abstraits, elles ne font pas l'objet d'un exposé. Elles sont perçues concrètement à travers la description des personnages, des sites, des objets, et aussi des regards, des gestes, des attitudes. C'est par un style très imagé, par une ample orchestration de motifs récurrents, de répétitions quasi incantatoires, que Lawrence communique la vie obscure du domaine subconscient de l'instinct, de l'intuition, des émotions et des sensations qui ne se laissent pas définir en termes intellectuels. Il y a dans son écriture quelque chose de magique qui fait de lui un grand poète de la prose anglaise.

La Vierge et le Gitan, *condensation épurée de ses thèmes majeurs, de son « message », est aussi très représentatif de son art. C'est une musique savamment modulée, parfois répétitive comme une mélopée et qui monte par degrés jusqu'au lyrisme tumultueux de l'épisode final : la rupture du barrage, l'inondation – le cataclysme à la faveur duquel les deux protagonistes, que tout séparait, sont enfin réunis, sans qu'on sache exactement ce qui s'est passé entre eux. Mais eux-mêmes le savent-ils ? Une énigme scelle cette histoire simple et superbe, qui garde encore, un demi-siècle plus tard, toute sa poésie et tout son sens. Notre époque est celle du libéralisme dans les mœurs, de la promiscuité facile ; mais justement à cause de cela, justement parce que le sexe, de nos jours, a toute l'insignifiance d'une habitude d'hygiène ou d'un amusement, nos contemporains sont aussi éloignés que l'étaient leurs pudiques arrière-grands-parents de cette révélation charnelle, foudroyante et sacrée, où Lawrence voyait la clé d'un véritable épanouissement des hommes et des femmes.*

Jean-Louis Curtis.

CHAPITRE PREMIER

Le scandale ne connut pas de bornes, le jour où la femme du vicaire s'enfuit avec un jeune homme sans le sou. Ses deux petites filles avaient sept et neuf ans. Et le vicaire faisait un si bon mari. À vrai dire, ses cheveux étaient gris. Mais sa moustache restait noire ; il était bel homme et encore plein d'une secrète passion pour sa ravissante et indigne femme.

Pourquoi était-elle partie ? Pourquoi l'avait-elle abandonné avec une répulsion si violente, comme prise de folie ?

À cela, personne ne trouvait de réponse. Il n'y eut guère que les dévotes pour dire : « C'était une mauvaise femme. » Les âmes charitables gardaient le silence. Elles comprenaient.

Les deux petites filles ne comprirent pas. Blessées, elles décidèrent que leur mère les avait traitées en quantité négligeable. Le vent de malheur qui n'épargne personne balaya donc ainsi la famille du vicaire. Mais voilà que celui-ci, qui s'était quelque peu distingué comme essayiste et comme controversiste, et dont le cas avait éveillé des sympathies chez les lettrés, fut nommé à la cure de Papplewick. Le Seigneur, par le moyen d'un rectorat dans le Nord, avait adouci la mauvaise fortune.

Cette cure était une maison de pierre assez laide, située au bord de la Papple, à l'entrée du village. Plus loin, au-delà du pont, on voyait les anciennes filatures jadis mues par l'eau. La route serpentait le long de la colline pour déboucher ensuite dans les mornes rues pavées du village. Une fois transférée là, la famille subit d'importantes modifications. Le vicaire, devenu recteur, ramena de la ville sa vieille mère, un frère et une sœur. Les petites filles se trouvèrent, dans un milieu bien différent de leur ancien foyer.

Le recteur avait à présent quarante-sept ans ; après la fuite de sa femme, il avait manifesté un chagrin intense et dépourvu de dignité. Des amies compatissantes le sauvèrent du suicide. Ses cheveux avaient blanchi, et ses traits étaient marqués par une expression égarée et tragique. Il suffisait de le voir pour deviner combien toute cette affaire était terrible et comme elle lui avait fait mal.

Cependant quelque part, on sentait une fausse note. Et parmi celles qui avaient le plus profondément compati à la peine du vicaire, il s'en trouvait qui, secrètement, détestaient le recteur. Tout bien considéré, on sentait en lui, dissimulée, une certaine complaisance pour soi-même.

Naturellement les petites filles, avec la vague inconscience des enfants, acceptèrent le verdict familial. Grand-mère, âgée de plus de soixante-dix ans, et dont la vue baissait, devint la figure centrale de la maison. Tante Cissie, la quarantaine dépassée et qui se rongeait intérieurement, tenait la maison. Oncle Fred, quadragénaire avare à figure blafarde, qui, mesquin, ne songeait qu'à lui-même, allait en ville tous les jours. Et le recteur, bien entendu, était la personne la plus importante, après grand-mère.

On l'appelait la Mater. C'était une de ces vieilles personnes, d'aspect vulgaire mais d'esprit rusé, qui, ayant su flatter les faiblesses des hommes de sa famille, n'en avait fait qu'à sa tête toute sa vie durant. Très vite, elle sentit d'où venait le vent. Le recteur « aimait » encore sa coupable femme, et « l'aimerait » jusqu'à sa mort. Donc : Chut ! Les sentiments du recteur étaient sacrés. Dans son cœur était enchâssée l'image de la pure jeune fille qu'il avait épousée et adorée. Pendant ce temps, errait de par le monde mauvais une femme déshonorée, qui avait trahi son mari et abandonné ses petites filles. Elle était accouplée, maintenant, à un homme méprisable qui la conduirait, sans aucun doute, vers un avilissement bien mérité. Qu'on se le dise une bonne fois pour toutes et puis... Chut ! Car dans le cœur pur et sublime du recteur fleurissait encore le souvenir immaculé de sa jeune épousée. Image qui ne se flétrissait pas. Cette autre créature, partie avec un misérable, ne le concernait en rien. La Mater qui, depuis son veuvage, habitait une petite maison, vivant dans une assez modeste situation, prit possession du meilleur fauteuil de la cure, et y installa solidement sa volumineuse personne. Elle ne se laisserait pas détrôner. Tout en feignant de désapprouver son fils, astucieusement, elle rendait hommage d'un soupir à sa fidélité envers son pur souvenir. Avec une feinte admiration pour ce grand amour, elle ne parlait jamais de cette ordure jadis appelée Mrs Arthur Saywell qui s'en était allée vivre dans le monde malfaisant. Grâce au ciel, puisqu'elle s'était remariée, elle n'était plus Mrs Arthur Saywell. Aucune femme ne portait plus ce nom. Le lys sans tache fleurirait à jamais sans étiquette.

On pensait à elle, comme à Celle-qui-fut-Cynthia.

Tout cela était un baume pour le cœur de la Mater. Une garantie contre l'éventualité d'un remariage d'Arthur. Elle le tenait par son point faible : son secret égoïsme. Il avait épousé un ange d'une impérissable pureté. Heureux homme ! Il avait été trahi. Le malheureux ! Il avait souffert ! Ah ! quel cœur passionné ! Et il avait pardonné ! Oui, il avait pardonné. Il avait même introduit pour elle une clause dans son testament, lorsque cet autre scélérat... – Mais chut ! Il ne faut même plus seulement évoquer cette affreuse créature vivant dans ce monde corrompu. Que le lys fleurisse donc, inaccessible, sur les sommets du passé. Quant au présent, c'était une autre histoire.

Les petites furent élevées dans cette atmosphère d'hypocrite contentement de soi où il est des choses qu'on ne mentionne pas. Elles aussi plaçaient le lys sans tache sur des hauteurs impossibles. Elles aussi savaient qu'il trônait dans son splendide isolement, bien au-delà de leurs vies.

Et pendant ce temps, s'exhalait parfois de ce misérable monde une bouffée de péché, d'égoïsme, de dégradation et de luxure, l'odeur de cette horrible femme : Celle-qui-fut-Cynthia. Elle parvenait en effet, cette roulure, à faire passer de temps à autre un petit mot pour ses filles. La Mater aux cheveux blancs en frémissait intérieurement de haine. Car si jamais elle revenait, il n'y aurait plus guère de place pour la grand-mère. Un soudain accès de secrète fureur soulevait la vieille contre les petites, les filles de cette lascive et immonde créature, de cette Cynthia qui lui témoignait une si méprisante affection.

À tout cela se mêlait, chez les enfants, le souvenir parfaitement net de leur vrai foyer, le presbytère dans le Sud, et de leur fascinante mais si instable mère. Elles s'en souvenaient comme d'un rayonnement intense de vie exubérante, comme d'un inquiétant météore, allant et venant sans cesse à travers la maison.

Cette présence, elles l'associaient toujours à beaucoup de joie, mais aussi à de l'inquiétude : à une grande séduction, mais aussi à un terrible égoïsme.

Désormais, le charme était rompu, et le lys blanc, telle une couronne mortuaire, se desséchait sur une tombe. La crainte de l'inconstance, cette sorte d'égoïsme particulièrement redoutable, aussi redoutable que les lions et les tigres, avait aussi disparu avec elle. Maintenant régnait une parfaite stabilité, dans laquelle on pouvait mourir en toute sécurité.

Mais elles grandissaient. Et à mesure qu'elles grandissaient, elles se sentaient gagnées par un trouble plus défini, une curiosité plus vive. Avec les années, la vue de la Mater s'affaiblissait de plus en plus. Il fallait à présent que quelqu'un la guidât. Elle ne se levait que vers midi. Mais aveugle ou couchée, elle commandait à toute la maisonnée. D'ailleurs, elle n'était pas clouée à son lit et chaque fois que les hommes étaient présents, elle occupait son trône. Elle était trop rusée pour accepter d'être négligée. D'autant plus qu'elle avait des rivales.

La plus importante était Yvette, la plus jeune des filles. Yvette avait un peu de l'insouciante et vague gaieté de Celle-qui-fut-Cynthia. Mais elle était plus docile. Grand-mère l'avait prise à temps… peut-être !

Le recteur adorait Yvette et la gâtait avec une ridicule complaisance, comme pour dire : « Ne suis-je pas tendre et indulgent ? » Il aimait avoir cette opinion de lui-même, et la Mater connaissait parfaitement ses faiblesses. Elle les connaissait et les transformait en autant de qualités dont elle le parait. Il rêvait d'avoir une personnalité qui fascine, comme une femme rêverait d'une toilette captivante. Et la rusée Mater fardait ses défauts et ses imperfections. Son amour maternel lui donnant la clef de ses faiblesses, elle les dissimulait en les ornant. Tandis que Celle-qui-fut-Cynthia ! Mais ne parlez pas d'elle. À ses yeux, le recteur aurait aussi bien pu être idiot et bossu.

Chose amusante, grand-mère, secrètement, haïssait Lucile la fille aînée, encore plus qu'Yvette, l'enfant choyée. Bien davantage qu'Yvette, si indécise et gâtée, l'inquiète et irritable Lucile ressentait le joug de grand-mère. En revanche, tante Cissie détestait Yvette. Elle haïssait jusqu'à son nom. La vie entière de tante Cissie avait été sacrifiée à sa mère. Elle le savait, et la Mater n'ignorait pas qu'elle le savait. Cependant au fil des années, ce sacrifice fut accepté par tous, y compris par tante Cissie elle-même, comme allant de soi. Elle priait beaucoup à ce sujet. Ce qui montre que la pauvre fille possédait aussi quelque part une sensibilité cachée. Elle avait cessé d'être Cissie ; elle avait perdu son sexe et sa personnalité. Et maintenant qu'elle glissait vers la cinquantaine, elle était saisie parfois d'étranges flambées de rage et devenait comme folle. Mais grand-mère la tenait sous sa domination, et le seul but de la vie de tante Cissie était de s'occuper de la Mater. Parfois, ses accès de rage infernale prenaient pour cible tout ce qui était jeune. Pauvre créature, elle priait, essayant d'obtenir du ciel son pardon. Mais elle ne pouvait oublier le tort qui lui avait été fait, et c'était du vitriol, par moments, que charriaient ses veines. Si encore sa mère avait été une femme bonne, au cœur généreux. Mais non ! Elle n'en avait que l'hypocrite apparence. Et graduellement, cette vérité apparut aux jeunes filles. Cette vieille femme aux cheveux argentés, coiffée d'un bonnet de dentelles démodé, cachait, sous la soie noire qui couvrait son corps épais, un cœur sournois avide de tout régenter. Et grâce à la mollesse des deux hommes inactifs et vieillissants qu'elle avait élevés, elle gardait son autorité à mesure que les années s'écoulaient, de soixante-dix à quatre-vingts ans et de quatre-vingts vers quatre-vingt-dix. Car dans la famille, existait toute une tradition de loyauté des uns envers les autres, et en particulier vis-à-vis de la grand-mère. Elle représentait, sans conteste, le pivot de la famille qui n'était, en somme, que le prolongement d'elle-même. Elle étendait à tous, bien entendu, son omnipotence. Ses fils et ses filles, faibles et sans réactions, lui étaient naturellement tout dévoués. En dehors du cercle familial, il n'existait pour eux que dangers, insultes, ignominies. Le recteur, par son mariage, n'en avait-il pas fait l'expérience ? Aussi, qu'on prenne garde, à présent ! En façade, vis-à-vis des autres, discrétion et loyauté ! Dans l'intimité familiale, autant de discorde et de haine qu'il vous plaira. Mais aux yeux du monde, la barrière immuable d'une entente absolue.

CHAPITRE II

Ce ne fut qu'au retour définitif de l'école que les jeunes filles sentirent vraiment peser sur leur vie les vieilles mains inertes de grand-mère. Lucile avait maintenant près de vingt et un ans et Yvette, dix-neuf. Elles avaient été d'abord dans une excellente pension, puis une année à Lausanne, pour se perfectionner. Ces deux grandes filles au visage frais et expressif, aux cheveux coupés courts sur la nuque, étaient bien conformes à l'idéal de leur époque, autant par leur physique que par leurs allures garçonnières et désinvoltes.

– Ce qu'il y a de si terriblement embêtant à Papplewick, dit Yvette, tandis que toutes deux, debout sur le pont du bateau, regardaient se rapprocher les grises falaises de Douvres, c'est qu'il n'y ait aucun homme dans les environs. Pourquoi papa n'a-t-il pas comme amis quelques types drôles et séduisants ? Quant à l'oncle Fred, il est impossible !

– Oh ! on ne sait jamais ce qui peut arriver, dit Lucile plus philosophe.

– Tu sais parfaitement à quoi t'attendre, répliqua Yvette. La chorale tous les dimanches, et, Dieu ! Que j'ai horreur des chœurs mixtes ! Les voix des garçons sont si belles, isolées. Ensuite, il y aura *Les Amis de la Jeune Fille*, le patronage du dimanche, les œuvres sociales et toutes les vieilles dames qui nous demanderont des nouvelles de grand-mère. Et pas un seul garçon possible à des lieues à la ronde !

– Oh, je ne sais pas. Il y aura toujours les Framley. Et tu sais bien que Gerry Somercotes t'adore.

– Oh ! Mais je déteste les jeunes gens qui m'adorent, s'écria Yvette en fronçant son petit nez sensuel. Ils m'assomment. Ils sont si collants !

– Eh bien, que te faut-il donc, si tu ne supportes pas qu'on t'adore ? Moi, ça ne me déplaît pas. Tu sais bien que jamais tu ne les épouseras, alors pourquoi ne pas les laisser t'adorer, si ça les amuse ?

– Oh, mais j'ai bien l'intention de me marier, protesta Yvette.

– Alors, dans ce cas, laisse-toi aimer jusqu'à ce que tu en trouves un qui soit épousable.

– Je ne pourrai jamais agir ainsi. Rien ne me crispe comme un garçon qui me contemple en roulant des yeux de merlan frit. Ils m'assomment tellement que j'en deviens odieuse.

– Oui, moi aussi, s'ils se montrent trop pressants, mais à distance je les trouve assez gentils.

– J'aimerais tomber éperdument amoureuse.

– Oh, ça ne m'étonne pas. Pas moi, en tout cas. Je détesterais ça, et toi aussi sans doute, si cela devait t'arriver pour de bon. Après tout, il faut d'abord nous habituer un peu à notre nouvelle vie, avant de savoir ce que nous désirons.

– Mais ce retour à Papplewick ne te fait-il pas horreur ? demanda Yvette, fronçant de nouveau son petit nez.

– Non, pas particulièrement. Mais je pense que nous allons un peu nous ennuyer. J'aurais voulu que papa achète une auto. Il va falloir sortir nos vieilles bécanes. Tu n'aimerais pas monter à Tansy Moor ?

– Si, beaucoup. Mais il est vrai que ce sera pénible de pousser nos vieux vélos en haut de ces côtes.

Le bateau approchait des falaises grises. Bien que ce fût l'été, le temps était couvert. Les deux jeunes filles avaient relevé le col de fourrure de leur manteau et enfoncé sur leurs oreilles leur chic petit chapeau. Longues, minces, fraîches, naïves et cependant sûres d'elles-mêmes, trop sûres dans leur arrogance d'étudiantes, elles étaient si terriblement anglaises. Elles semblaient si indépendantes alors qu'en réalité, au fond d'elles-mêmes, elles étaient prises dans un labyrinthe de contradictions et d'étroites conventions. Elles paraissaient si brillantes, si affranchies, et n'étaient que murées à l'intérieur d'elles-mêmes. Elles faisaient songer à de grandes et fières goélettes quittant le port pour s'élancer sur les vastes océans de la vie. Et n'étaient, en fait, que deux frêles esquifs sans gouvernail, se transportant d'un mouillage à un autre.

Elles sentirent leur cœur se glacer en entrant dans la cure. Celle-ci leur parut laide, presque sordide, dégageant cette impression d'humidité propre à un confort bourgeois qui a cessé d'être confortable pour devenir sale et nauséabond. Elles n'auraient su dire pourquoi cette sévère bâtisse de pierre leur semblait malpropre. Le mobilier usé paraissait misérable ; rien n'était neuf. La nourriture elle-même, si désespérément morne, était terriblement répugnante pour de jeunes êtres arrivant de l'étranger. Du rosbif et du chou tiède ; du gigot froid et de la purée de pommes de terre ; des pickles aigres, des puddings impardonnables.

Grand-mère, qui « mangeait volontiers un peu de porc », se faisait faire en supplément des petits plats spéciaux : du bouillon et des biscottes ou une petite crème savoureuse. La tante Cissie au teint blafard ne mangeait rien. D'ordinaire, elle ne prenait pour tout repas qu'une pomme de terre bouillie, qui paraissait bien triste et solitaire dans son assiette. Jamais de viande. Elle demeurait ainsi, prenant son mal en patience, pendant que le repas se poursuivait, grand-mère bavant avec entrain sur sa nourriture, heureux encore si elle ne renversait rien sur son giron protubérant. Les plats n'avaient rien d'appétissant. Comment l'eussent-ils été, tante Cissie haïssant la nourriture, détestant jusqu'à l'idée d'en absorber, et ne gardant jamais une servante plus de trois mois ? Les jeunes filles mangeaient avec dégoût. Lucile se montrait vaillante, mais le nez délicat d'Yvette trahissait sa répugnance. Le recteur aux cheveux blancs essuyait avec sa serviette sa longue moustache grise et faisait des bons mots. Assis tout le jour dans son bureau, lui aussi devenait lourd et pesant. Mais là, installé sous l'aile maternelle, il décochait sans trêve d'ironiques petites plaisanteries.

Le paysage sombre et mélancolique, avec ses collines abruptes et ses vallées étroites et encaissées, possédait cependant une certaine grandeur, à sa manière. Vingt lieues plus loin, vers le Nord, commençait le pays noir. Et pourtant le village de Papplewick était comparativement isolé, presque perdu : la vie qu'on y menait était austère et rude. De la pierre partout ; mais à force d'être inexorable, cette dureté revêtait une certaine poésie.

Les prévisions des jeunes filles étaient exactes ; de nouveau, elles firent partie de la chorale ; elles durent s'occuper de la paroisse. Mais Yvette s'opposa résolument aux patronages du dimanche, aux *Amis de la Jeune Fille*, au *Groupe de l'Espérance*, en résumé à toutes ces œuvres dirigées par de vieilles filles obstinées et irascibles, et par des vieillards stupides. Évitant, autant que possible, les fonctions paroissiales, elle s'évadait de la cure chaque fois qu'elle le pouvait. Les Framley, une grande famille joyeuse et bohème qui habitait La Grange, offraient des ressources non négligeables. Yvette acceptait immédiatement toute invitation, quelle qu'elle fût, même venant d'une des femmes d'ouvriers. En fait, cela l'intéressait beaucoup, car elle aimait causer avec eux. Il y avait parfois tant de noblesse dans leurs traits burinés. Mais bien entendu, ils appartenaient à un autre univers.

Ainsi passèrent les mois. Gerry Somercotes était toujours en adoration devant elle comme tant d'autres, fils de fermiers ou de meuniers. Vraiment Yvette aurait eu toutes les raisons de trouver la vie agréable ; elle allait continuellement à des réunions, à des bals ; des amis venaient en auto la chercher, et avec eux elle filait vers la ville, pour y danser au meilleur hôtel de l'endroit, ou au nouveau et fastueux palais de la danse, dénommé le Pally.

Et cependant, elle semblait toujours comme en transes, ne se sentant jamais libre d'être entièrement heureuse. Au plus intime d'elle-même, montait un agacement intolérable, sensation qu'elle croyait anormale, qu'elle détestait, et que par là même elle aggravait. Elle n'en comprenait pas du tout la cause.

À la maison, elle était franchement désagréable et outrageusement insolente envers tante Cissie. De fait, le terrible caractère d'Yvette devint proverbial dans la famille.

Lucile, toujours plus pratique, obtint en ville un poste de secrétaire auprès d'un homme qui cherchait une sténographe parlant couramment le français. Elle partait le matin et revenait le soir, chaque jour, par le même train que l'oncle Fred. Mais elle ne voyageait jamais avec lui ; quelque temps qu'il fît, elle allait à bicyclette à la gare, tandis que lui s'y rendait à pied. Les deux jeunes filles étaient convaincues que ce qu'il leur fallait, c'était une joyeuse vie mondaine. Mais avec une fureur pleine de rancune, elles sentaient que, pour leurs amis, la cure était impossible. Le rez-de-chaussée ne comprenait que quatre pièces :

la cuisine où vivaient les deux servantes toujours mécontentes, la sombre salle à manger, le bureau du recteur et le grand salon d'aspect si lugubre et bourgeois. La salle à manger était chauffée par un poêle à gaz. Un bon feu ne brûlait en permanence que dans le salon. Car, bien entendu, c'était là que trônait grand-mère.

Dans cette pièce s'assemblait la famille. Invariablement chaque soir, après dîner, oncle Fred et le recteur cherchaient avec grand-mère des mots croisés.

– Alors, Mater, y êtes-vous ? Le six horizontal : quatre lettres : un fonctionnaire siamois.

– Eh ? eh ? le dix horizontal ?

Grand-mère était dure d'oreille.

– Non, Mater. Pas le dix ! Le six ! quatre lettres ! un fonctionnaire siamois.

– Le six horizontal ! quatre lettres ! un fonctionnaire chinois.

– *Siamois.*

– Eh ?

– *Siamois ! Siam !*

– Un fonctionnaire siamois ! Qu'est-ce que cela peut bien être ? demanda la vieille dame pensivement, ses deux mains croisées sur son ventre arrondi.

Ses deux fils lui suggérèrent différents mots, ce à quoi elle répondait : « Ah ! Ah !.... » Le recteur était un cruciverbiste de première force. Mais Fred possédait un vocabulaire technique assez étendu.

– Ce mot-ci nous donne vraiment du fil à retordre, dit la vieille dame quand tous furent à court d'inspiration.

Pendant ce temps, Lucile, assise dans un coin, faisait semblant de lire en se bouchant les oreilles ; Yvette, nerveuse, dessinait en fredonnant bruyamment des airs exaspérants, complétant ainsi le concert familial. Tante Cissie, à chaque instant, s'emparait d'un chocolat, et ses mâchoires fonctionnaient incessamment. Elle survivait littéralement grâce au chocolat. Assise à l'écart, elle en mettait un dans sa bouche, puis poursuivait la lecture de la *Revue paroissiale.* Relevant la tête, elle s'aperçut soudain qu'il était temps d'aller chercher la tasse de consommé de grand-mère.

Pendant son absence, Yvette, exaspérée, alla ouvrir la fenêtre. Elle prétendait que la pièce, jamais aérée, sentait mauvais, avait l'odeur de grand-mère. Et celle-ci, un peu sourde, avait l'oreille d'une belette quand il ne fallait pas qu'elle entende.

– As-tu ouvert la fenêtre, Yvette ? Tu pourrais te souvenir qu'il y a, dans ce salon, des gens plus âgés que toi.

– Il fait étouffant ! c'est intenable ! Pas étonnant que nous soyons toujours enrhumés.

– La pièce est pourtant assez grande, et ce bon feu bien agréable. Ce courant d'air nous fera à tous attraper la mort, protesta la vieille dame en frissonnant.

– Ce n'est pas un courant d'air, riposta Yvette, mais une bouffée d'air pur.

La vieille dame frissonna de nouveau et soupira :

– Vraiment !

Sans mot dire, le recteur alla vers la fenêtre et la ferma résolument sans regarder sa fille. Il avait horreur de la contrarier, mais il fallait qu'elle comprît.

Les mots croisés, inventés par Satan lui-même, continuaient jusqu'à ce que grand-mère, ayant pris son bouillon, dût aller se coucher. Alors commençait la cérémonie habituelle. Tous se levaient : les jeunes filles se faisaient embrasser par la vieille aveugle ; le recteur prenait son bras et tante Cissie suivait, un bougeoir à la main.

Or ce cérémonial menait jusqu'à 9 heures, alors que grand-mère, qui était maintenant bien vieille, aurait dû être au lit plus tôt. Et cependant une fois couchée, elle ne pouvait s'endormir avant la venue de tante Cissie.

– Voyez-vous, disait-elle, je n'ai jamais dormi seule. Pendant cinquante-quatre ans, je n'ai pas passé une nuit sans avoir le bras du Pater autour de moi. Quand il est parti, j'ai essayé de rester seule. Mais aussitôt que mes yeux se fermaient, mon cœur se mettait à bondir jusqu'à se briser, et j'étais prise de palpitations. Oh ! vous pouvez bien penser ce que vous voudrez, mais ce fut une terrible épreuve après ces cinquante-quatre années de parfait bonheur conjugal ! J'aurais bien prié le ciel de m'enlever la première, mais le Pater… eh bien, non, je crois qu'il n'aurait pu le supporter.

Donc, tante Cissie partageait le lit de grand-mère. Et cela lui faisait horreur. Elle racontait qu'à présent c'était elle qui ne dormait plus. Et ses cheveux grisonnaient, et la nourriture empirait, et enfin tante Cissie dut subir une opération.

Mais la Mater continuait comme toujours à se lever vers midi, et de son fauteuil présidait le déjeuner, son gros ventre faisant saillie. Sous la barrière des sourcils haut placés, sa figure flasque et violacée aux joues pendantes avait une sorte de terrible majesté, avec ses yeux bleus au regard éteint. Ses cheveux blancs se clairsemaient, ce qui la rendait un peu indécente. Le recteur, jovial, la plaisantait, et elle feignait de se fâcher. Mais elle se sentait parfaitement contente, siégeant ainsi dans sa vieillesse et son obésité, et après les repas, pour chasser les gaz de son estomac, elle comprimait son sein, en éructant avec la plus grossière satisfaction.

Quand elles amenaient leurs jeunes amis à la maison, ce qui agaçait le plus les jeunes filles, c'était la présence perpétuelle de grand-mère, semblable à quelque terrible idole de chair flétrie qui concentrait toute l'attention sur elle-même. Il n'y avait qu'une seule pièce où l'on pût recevoir et la vieille dame y passait ses journées sous la surveillance amère de tante Cissie. Il fallait que chacun lui fût tout d'abord présenté. De nature sociable, elle se sentait disposée à la bienveillance. Elle voulait savoir le nom de chacun, d'où il venait, toutes les circonstances de sa vie. Et alors, étant *au fait*, elle pouvait s'emparer de la conversation.

Rien ne pouvait davantage exaspérer ses petites-filles.

– Comme cette vieille Mrs Saywell est étonnante ! À près de quatre-vingt-dix ans, elle s'intéresse encore tant à la vie.

– Oui, si s'intéresser à la vie, c'est se mêler des affaires de tout le monde, répondait Yvette.

Puis, immédiatement, elle se sentait coupable. Après tout, c'était admirable de conserver, à quatre-vingt-dix ans, l'esprit si lucide ! Et bonne-maman ne faisait pas vraiment de mal. Elle était simplement encombrante. Et c'était sans doute cruel de haïr un être parce qu'il était vieux et gênant.

Yvette, repentante, devenait aimable. Grand-mère s'épanouissait en se remémorant l'époque de sa jeunesse, dans une petite ville du comté de Buckingham. Elle parlait, parlait indéfiniment, elle était tellement amusante. Oui, elle était vraiment extraordinaire.

Puis, dans l'après-midi arrivèrent Lottie, Ella et Bob Framley, avec Léo Wetherell :

– Oh, entrez donc ! Et tous en troupe s'avancèrent dans le salon, où grand-mère, en bonnet blanc, était assise auprès du feu. Bonne-maman, voici Mr Wetherell.

– Monsieur comment ? Excusez-moi, je suis un peu sourde !

Elle tendit la main au jeune homme gêné et le contempla en silence de son regard éteint.

– Vous n'êtes pas de notre paroisse ? s'enquit-elle.

– De Dinnington ! cria-t-il.

– Demain, nous voulons aller faire un pique-nique à Bonsall Head, dans la voiture de Léo. En nous serrant, nous pourrons tous tenir, dit Ella à voix basse.

– Vous dites : à Bonsall Head ? interrogea bonne-maman.

– Oui !

Il y eut un profond silence.

– Vous parlez d'y aller en automobile ?

– Oui, dans celle de Mr Wetherell.

– J'espère qu'il conduit bien. C'est une route très dangereuse.

– Il est très bon chauffeur.

– Pas un très bon chauffeur ?

– Si, un très bon chauffeur.

– Si vous allez à Bonsall Head, je pense qu'il faut que j'envoie un message à lady Louth.

Quand il y avait du monde, grand-mère sortait toujours le nom de cette malheureuse lady Louth.

– Oh ! nous n'allons pas de ce côté-là, s'écria Yvette.

– Alors, par quelle route ? Il faut passer par Heanor.

Tous, assis en chiens de faïence, comme disait Bob, s'agitaient sur leur siège.

Tante Cissie entra, suivie de la servante, apportant le thé. On vit d'abord surgir l'inévitable gâteau de chez le pâtissier. Puis apparut une assiette de petits biscuits que tante Cissie, en vérité, avait fait chercher chez le boulanger.

– Le thé est servi, Mater !

La vieille dame empoigna les accoudoirs de son fauteuil. Tous se levèrent et restèrent debout, tandis qu'au bras de tante Cissie, elle se traînait péniblement vers la table.

Pendant le thé, Lucile rentra de la ville, sa journée de travail finie. Elle était éreintée, les yeux cernés de fatigue. Devant tout ce monde, elle poussa une exclamation de surprise.

Aussitôt que le brouhaha causé par son arrivée se fut apaisé et que la gêne régna de nouveau, grand-mère dit :

– Tu ne m'avais jamais parlé de Mr Wetherell, n'est-ce pas, Lucile ?

– Je ne m'en souviens pas, répondit-elle.

– Tu ne l'as sûrement pas fait. Ce nom m'est inconnu.

Distraitement, Yvette saisit un autre gâteau dans l'assiette presque vide. Tante Cissie, que les manières indifférentes et inconsidérées d'Yvette rendaient presque folle, sentit une rage noire bouillonner dans son cœur. Prenant sa propre assiette sur laquelle se trouvait le seul gâteau qu'elle s'accordât, elle l'offrit à Yvette en disant, avec une politesse empoisonnée :

– Veux-tu le mien ?

– Oh ! merci ! dit Yvette avec un sursaut.

Et avec le même air insouciant, elle prit le gâteau, ajoutant après coup :

– Puisque vous êtes certaine que vous n'en voulez pas.

Deux gâteaux étaient à présent posés sur son assiette. Lucile, pâle comme un linge, se pencha sur sa tasse de thé. Tante Cissie resta immobile, la rage transparaissant sous son masque résigné.

L'embarras général était à son comble.

Mais dans l'orage menaçant, grand-mère trônant, volumineuse et sereine, décréta simplement :

– Si vous allez en auto demain à Bonsall Head, Lucile, j'aimerais vous confier un message pour lady Louth.

– Oh ! Très bien ! dit Lucile, jetant un regard singulier vers la vieille aveugle. Lady Louth, invariablement sortie par grand-mère pour le profit des gens présents, était la tête de Turc de la famille.

– Elle a été si aimable, la semaine dernière.

Elle m'a envoyé par son chauffeur un recueil de mots croisés.

– Mais vous l'en avez déjà remerciée ! s'écria Yvette.

– J'aimerais lui envoyer un mot.

– Nous pouvons le mettre à la poste, suggéra Lucile.

– Oh non ! je préfère que vous le lui portiez. Quand elle est venue la dernière fois me rendre visite…

Pendant que grand-mère discourait ainsi au sujet de lady Louth, la jeunesse demeurait silencieuse, tel un banc de petits poissons, bouche ouverte à la surface de l'eau. Tante Cissie, ses nièces le sentaient, était anéantie, presque insensible, dans un paroxysme de rage au sujet du gâteau. Peut-être priait-elle, la pauvre !

Le départ des amis fut le bienvenu. Les deux filles avaient un air hagard. Et c'est alors qu'Yvette, se retournant, comprit soudain quelle rigide et implacable volonté se cachait sous l'aspect maternel de la vieille grand-mère, débordant de son siège, impassible. Presque inconsciente mais cependant résolue, sa figure rougeaude, flasque et marbrée, masquait une âme dure et sans merci. Sa domination nauséeuse sommeillait. Cependant, dans un instant, sa bouche s'ouvrirait pour demander tous les détails concernant Léo Wetherell. Maintenant, elle hivernait dans sa vieillesse, son grand âge. Dans une minute, elle parlerait de nouveau ; sa mémoire vacillante s'éveillerait, et avec son insatiable curiosité de la vie et des affaires des autres, elle se remettrait en quête des moindres faits. Elle était semblable au vieux crapaud qu'Yvette, fascinée, avait observé un jour. Il était posté sur le rebord de la ruche, juste en face de la petite ouverture par laquelle surgissaient les abeilles. Prompt comme l'éclair, avec un claquement démoniaque de ses mâchoires en forme de bourse, il les happait à mesure qu'elles sortaient, prêtes à s'envoler, les avalant l'une après l'autre comme décidé à absorber l'essaim tout entier de sa vieille bouche saillante et ridée. Depuis des générations, tout au long des années, il engloutissait ainsi les abeilles qui s'élançaient dans la brise printanière.

Mais, appelé par Yvette, le jardinier, plein de rage, le tua avec une pierre.

– Paraît que t'es utile pour les limaces, dit-il en arrivant la pierre à la main. Mais, pour sûr que tu n'vas pas vider ct'essaim dans tes boyaux.

CHAPITRE III

LE JOUR SUIVANT, le ciel était bas et couvert, et comme il pleuvait depuis des semaines les routes étaient abominables ; cependant, les jeunes gens se mirent en chemin pour leur expédition ; aucun d'eux n'emportait la lettre de grand-mère. Ils se glissèrent dehors tandis qu'elle faisait là-haut son petit tour d'après-déjeuner. Pour rien au monde, ils n'auraient voulu passer chez lady Louth. Celle-ci, veuve d'un médecin anobli, personne inoffensive en vérité, était leur bête noire.

L'auto fonçait à travers la boue, emportant ces six jeunes rebelles qui se rengorgeaient, tout en ayant, cependant, un air assez dépité.

Après tout, aucun d'eux n'avait vraiment la moindre cause de révolte. On les laissait libres de leurs actes, les parents leur permettant de faire à peu près tout ce qu'ils voulaient. En réalité, il n'y avait aucune entrave à briser, aucun barreau à limer, aucun verrou à fracasser. La clé de leurs destinées reposait dans leurs mains. Et là elle pendait, inerte.

Comme le découvre, quelque peu à son chagrin, la jeune génération, il est bien plus facile d'abattre la grille d'une prison que de forcer les portes inconnues de la vie. À vrai dire, il y avait grand-mère. Mais on ne pouvait décemment dire à cette pauvre femme : « Allez, la vieille, couchez-vous et mourez. » C'était peut-être une vieille peste, mais elle ne faisait jamais rien de vraiment méchant. C'était injuste de la détester.

Les jeunes gens partirent donc pour leur excursion, tâchant d'être pleins d'entrain. Ils pouvaient faire tout ce qui leur plaisait ; et bien entendu, il n'y avait rien d'autre à faire, dans l'auto, que de se livrer à une critique générale des absents et flirter sottement, ce qui au fond n'était pas drôle... Si seulement il y avait eu quelques ordres formels auxquels désobéir. Mais non, rien ! En dehors du refus de porter la lettre chez lady Louth, ce que le recteur approuverait, parce qu'il n'avait pas non plus grande sympathie pour cette tête de Turc.

Tout en traversant des villages lugubres, ils chantonnaient les derniers refrains qui se voulaient comiques. Dans le grand parc, sous les chênes qui bordaient la route, se tenaient par groupes des daims, des cerfs et des chevreuils, serrés les uns contre les autres, comme s'ils cherchaient le réconfort de la présence humaine en ce morne après-midi.

Yvette insista pour s'arrêter et sortir de l'auto, afin d'aller leur parler. Les jeunes filles, chaussées de bottes à la russe, avancèrent dans l'herbe humide ; les cerfs les observaient de leurs grands yeux paisibles. Le mâle s'éloigna au petit trot, la tête ployant sous le poids de ses bois ; mais la femelle, remuant ses longues oreilles, ne se leva que lorsque les jeunes filles furent à portée de la main. Elle s'éloigna alors d'un pas léger, sa queue relevée découvrant ses flancs tachetés, ses petits trottinant allégrement auprès d'elle.

– Qu'ils sont mignons ! s'extasia Yvette. C'est incroyable qu'ils puissent se reposer si confortablement dans cette affreuse herbe humide.

– Bah ! Il faut bien qu'ils se couchent de temps en temps, observa Lucile. Et c'est relativement sec, sous les arbres.

Elle regarda l'herbe foulée, là où ils s'étaient couchés.

Yvette voulut y poser la main pour se rendre compte.

– Oui, dit-elle, incertaine. On dirait que l'herbe est tiède.

À quelques mètres de là, les cerfs, groupés de nouveau, se tenaient immobiles dans la clarté mélancolique de cet après-midi. Au loin, au pied des pentes gazonnées plantées d'arbres, au-delà du pont à balustres qui franchissait le flot rapide de la rivière, s'élevait la vaste demeure ducale ; une fumée bleuâtre s'échappait de deux de ses cheminées ; derrière elle se dressait la forêt couleur de pourpre.

Les jeunes filles avaient relevé jusqu'aux oreilles leur col de fourrure ; les jambes protégées de l'humidité par leurs grandes bottes, elles contemplaient, silencieuses, l'énorme maison carrée d'un gris crémeux, en contrebas. Les cerfs, par petits groupes, s'étaient rassemblés tout près, sous les vieux arbres. Tout semblait si calme, si simple et si triste.

– Je me demande où est le duc, à présent, dit Ella.

– Pas ici, en tout cas, répondit Lucile. Je pense qu'il est parti loin, là où le soleil brille.

De la route vint un appel de trompe d'auto, et elles entendirent la voix de Léo :

– Vous venez, les filles ? Nous ferions bien de partir si nous voulons monter au sommet, et être de retour à Amberdale pour le thé.

Les pieds glacés, de nouveau ils s'entassèrent dans la voiture ; continuant leur route à travers le parc, ils passèrent devant le clocher silencieux, franchirent les larges grilles, puis poursuivirent au-delà du pont jusqu'au village de Woodlinkin, humide et pierreux, qu'arrosait la rivière. Puis vint un long parcours dans la boue, l'obscurité et l'humidité de la vallée, où ils n'avaient souvent, au-dessus de leur tête, que la roche escarpée, d'un côté, l'eau murmurante, et de l'autre, les arbres sombres ou les rochers à pic.

Et cela, jusqu'au moment où la route commença de s'élever, dans l'obscurité des branches retombantes : Léo changea alors de vitesse. Lentement, l'auto peina dans la boue grisâtre, traversant le rocailleux village de Bolehill accroché à flanc de coteau ; elle longea le vieux calvaire placé à la bifurcation des routes, dépassa les chaumières d'où venait une étonnante odeur de petits pains chauds ; plus loin, toujours plus haut, sous les arbres trempés de pluie, au pied des talus couverts de fougères, elle grimpait toujours. Puis la crevasse devint plus profonde, les arbres disparurent ; de chaque côté, ce furent des pentes arides, tapissées d'herbe triste, et des murs bas de pierre sèche. Ils débouchaient sur le sommet.

Depuis quelque temps, la bande gardait le silence. De part et d'autre de la route, une bordure d'herbe, puis une petite clôture de pierre ;

les murs suivaient la courbe arrondie du sommet de la colline. Au-dessus d'eux, le ciel bas.

La voiture avançait sur cette cime dénudée, sous le ciel gris et lourd.

– On s'arrête un instant ? demanda Léo.

– Oh ! oui, s'écrièrent les jeunes filles.

Et elles dégringolèrent à nouveau de la voiture pour regarder la vue. Elles connaissaient fort bien l'endroit. Mais on ne pouvait venir au sommet sans s'arrêter là et regarder.

Les monts ressemblaient aux articulations de la main ; entre les doigts, en bas, les vallées étroites, sombres et escarpées. Dans les profondeurs, un train fumait, progressant lentement vers le nord, minuscule produit du monde d'en bas. Par un curieux phénomène d'écho, le bruit de la locomotive parvenait jusqu'à eux. Puis ils entendirent le choc sourd et familier d'explosions dans une carrière.

Léo, toujours pressé, s'avança rapidement.

Partons-nous ? dit-il. Faut-il absolument être à Amberdale pour le thé ? Ou essayons-nous de le prendre moins loin ?

Tous votèrent pour aller à Amberdale, chez le Marquis de Grantham.

– Eh bien, par quelle route allons-nous rentrer ? Par Codnor, en traversant Croshill, ou par Ashbourne ?

Le dilemme habituel se posait. Ils se décidèrent finalement pour Codnor, par la route du haut. Courageusement, l'auto démarra.

Ils étaient à présent au faîte du monde. Le paysage dénudé se dressait vers le ciel, et se teintait d'un vert morne et terne que seuls venaient rompre, tel un réseau de veines, de vieux murs de pierre séparant les champs et, çà et là, des restes de l'ancienne exploitation des mines de plomb. De loin en loin, une ferme en pierre, hérissée de six arbres aigus et squelettiques. Dans le lointain, une tache de pierres d'un gris fumée : un hameau. Dans quelques champs, des moutons gris foncé broutaient, sombres et silencieux. Pas un mouvement, pas un bruit. C'était le toit de l'Angleterre, dur et aride comme le sont tous les toits. Au-delà, au-dessous, s'étendaient les comtés.

« Et voici les comtés bariolés », se récita Yvette. Ici, en tout cas, ils étaient incolores. Une bande de corneilles traîna dans le ciel, surgie de nulle part. Elles étaient allées picorer, dans un champ récemment fumé. L'auto fuyait entre les herbes et les murs de pierre, sur la route du haut. La jeunesse se taisait, contemplant le lointain enchevêtrement des clôtures pierreuses, et cherchant à apercevoir les courbes descendantes qui indiquaient la chute vers une des vallées, invisibles au-dessous d'eux.

En avant, ils virent une légère charrette, conduite par un homme ; à côté, cheminait, un ballot sur le dos, une femme vigoureuse bien qu'âgée. L'homme à la charrette l'avait rejointe, et maintenant tous deux marchaient de pair.

La route était étroite. Léo corna vivement. L'homme se retourna, mais la femme continua d'avancer rapidement, d'un pas ferme, sans tourner la tête. Le cœur d'Yvette bondit. L'homme était l'un de ces beaux bohémiens dissolus au teint basané. Il demeurait assis sur sa charrette, tout en se retournant pour dévisager, de dessous sa casquette, les occupants de l'auto. Sa pose négligée, son regard indifférent, dénotaient l'insolence. Il avait une fine moustache noire, un nez mince et droit ; autour de son cou était noué un grand foulard de soie rouge et jaune. Il dit un mot à la femme. Elle s'arrêta une seconde, posément, pour regarder derrière elle les automobilistes, à présent tout proches. Léo corna encore, impérieusement. La femme, qui avait autour de la tête un fichu gris et blanc, se détourna vivement afin de rester à la hauteur de la charrette ; le conducteur, de nouveau le dos tourné, ajusta ses rênes en remontant ses épaules minces et souples. Mais il ne se rangeait toujours pas.

Léo fit hurler le klaxon en serrant les freins, et l'auto ralentit tout contre la charrette. Le gitan se retourna au vacarme et un sourire s'élargit sur sa face basanée, sous la casquette verte ; il dit quelque chose que les autres n'entendirent pas, révélant des dents blanches sous la moustache noire, et faisant un geste de sa main brune et souple.

– Laissez-nous donc passer, cria Léo.

Pour toute réponse, l'homme arrêta délicatement son cheval alors que l'animal décrivait une courbe vers le bord du chemin : un beau cheval rouan, et la charrette vert foncé était coquette et pimpante.

Léo, fou de rage, dut serrer brutalement les freins.

– Ces jolies jeunes dames veulent-elles qu'on leur dise la bonne aventure ?… demanda en riant le gitan de la charrette. Mais ses yeux noirs, errant de figure en figure, s'attardèrent sur celle d'Yvette, fraîche et tendre.

Pendant une seconde, elle croisa son regard sombre et inquisiteur, insolent dans sa complète indifférence vis-à-vis de gens tels que Bob et Léo. Quelque chose s'enflamma dans sa poitrine, elle pensa : « Il est plus fort que moi. Tout lui est égal. »

– Oh ! oui, écoutons cela, s'écria immédiatement Lucile.

– Oh ! oui, appuyèrent en chœur les jeunes filles.

– Dites donc, et l'heure ? protesta Léo.

– Oh ! Mais qu'est-ce que ça peut faire ? Il y a toujours quelqu'un pour parler d'heure, cria Lucile.

– Eh bien, si l'heure du retour vous est égale, à moi aussi, répondit Léo héroïquement.

Observant leurs expressions à tous, le gitan était resté assis négligemment sur le rebord de sa charrette. Il sauta doucement du timon, les genoux un peu raides. Il semblait avoir dépassé quelque peu la trentaine, et était élégant, dans son genre. Il portait une sorte de veste de chasse à bordure vert foncé et noire avec deux rangées de boutons, s'arrêtant aux hanches ; une culotte noire assez collante, des bottes noires et une casquette vert foncé ; autour du cou le grand foulard jaune et rouge. Son costume dénotait une coûteuse et singulière recherche. L'homme était beau, lui aussi, avançant le menton avec cette suffisance bien connue des bohémiens : il ne semblait plus prendre garde aux étrangers, tandis qu'il conduisait son brave rouan hors de la route pour faire reculer la charrette.

Seulement alors, les jeunes filles remarquèrent, sur le côté de la route, un large renfoncement et deux roulottes, desquelles s'échappait de la fumée. Yvette descendit vivement de l'auto. Ils se trouvaient soudain devant une ancienne carrière, taillée dans le roc au bord même du chemin, et dans ce repaire imprévu, si semblable à une caverne, trois roulottes étaient campées, démontées pour l'hivernage. Derrière, tout au fond, un abri de branchages servait d'écurie pour le cheval. Le rocher gris et nu s'élevait très haut, au-dessus des roulottes, et s'infléchissait vers la route. Sur le sol, des touffes d'herbe poussaient parmi les éclats de pierre amoncelés. C'était un quartier d'hiver confortable et bien caché.

La vieille femme au ballot était entrée dans une des roulottes, laissant ouverte la porte derrière elle. Deux enfants regardaient à la dérobée, montrant leur tête brune. À un appel du gitan, qui faisait reculer la charrette dans la carrière, un vieillard surgit et vint l'aider à dételer.

Puis le gitan monta les marches de la roulotte la plus neuve, dont la porte était fermée. En dessous, un chien attaché, au pelage blanc tacheté de marron, tira sur sa chaîne et grogna sourdement à l'approche de Léo et de Bob.

Au même instant, une bohémienne au teint basané descendit les marches de la roulotte en balançant sa volumineuse jupe verte à volants ; autour de la tête, elle portait une sorte de châle rose, à ses oreilles dansaient d'énormes anneaux d'or. Elle était belle, d'une beauté ténébreuse, hardie et légèrement barbare. Gitane impudente et rusée.

– Bonjour, mesdames et messieurs, dit-elle, observant effrontément les jeunes filles de son regard de louve. Elle parlait avec un léger accent étranger.

– Bonjour, répondirent-elles.

– Laquelle de ces belles petites dames veut savoir son avenir ? Qu'elle donne sa petite main !

Très grande, elle avait une manière terrifiante d'avancer le cou comme une menace. Ses yeux vifs scrutaient sans pitié les visages, l'un après l'autre, pour y découvrir ce qu'elle désirait. À ce moment, l'homme, apparemment son mari, parut en haut des marches, fumant sa pipe et tenant dans ses bras un petit enfant aux cheveux noirs. Bien campé sur ses jambes souples, il regardait le groupe d'un air détaché, comme lointain : ses longs cils noirs laissaient voir de grands yeux sombres, impudents et pleins de suffisance.

Son regard fixe avait quelque chose d'étrangement persuasif. Yvette le sentait, l'éprouvait jusque dans ses genoux. Elle feignit de s'intéresser au chien.

– Combien nous prendrez-vous, pour nous dire la bonne aventure ? interrogea Lottie Framley, tandis que les six jeunes chrétiens aux visages ingénus hésitaient avec une certaine répugnance devant cette païenne, cette paria.

– À vous tous, dames et messieurs ? demanda la rusée bohémienne.

– Non, pas à moi ! s'écria Léo. Mais allez-y, vous autres.

– Moi non plus, cela ne me dit rien, admit Bob. Il ne reste donc que les quatre filles.

– Ces quatre dames ? dit la gitane, les scrutant sournoisement, après avoir regardé les garçons. Et elle fixa son prix : « Chacune de vous me donnera un shilling et un petit peu en plus pour lui porter bonheur ? Un petit rien. » Elle eut un sourire plus avide qu'enjôleur, et sa puissante volonté se fit sentir, dure comme le fer, sous le velours des paroles.

– Convenu, dit Léo. Un shilling par personne. Et que cela ne tire pas trop en longueur.

– Oh ! Vous êtes terrible ! lui cria Lucile. Nous voulons tout savoir, tout !

D'en dessous d'une des roulottes, la femme tira deux escabeaux de bois qu'elle plaça contre la roue. Puis elle prit par la main la grande et brune Lottie Framley et la pria de s'asseoir.

– Cela vous est égal que tout le monde entende ? dit-elle, examinant avec curiosité la physionomie de Lottie.

Intimidée, la jeune fille rougit violemment, tandis que la gitane, tenant sa main, en caressait la paume de ses doigts durs et cruels.

– Oh ! cela m'est indifférent, répondit-elle.

La femme examinait la main de Lottie, suivant les lignes d'un index rude et brun, qui toutefois semblait propre.

Et lentement, elle parla, tandis que les autres, debout, écoutaient, en s'écriant sans cesse : « Oh ! ça, c'est Jim Baggaley. Oh ! je ne puis pas le croire. Oh ! ce n'est pas vrai ! Une femme blonde qui vit sous un arbre ! Quoi ! qui cela peut-il être ? » Jusqu'au moment où Léo les eut arrêtées, par un viril avertissement : « Oh ! taisez-vous, les filles. Vous vendez la mèche. »

Rougissante et confuse, Lottie se retira, et ce fut le tour d'Ella. Bien plus calme et fine, elle essayait de comprendre les prédictions. Lucile interrompait sans cesse d'un : « Oh ! pas possible ! »

Le gitan se tenait en haut des marches, imperturbable, sans expression aucune sur son visage. Mais ses yeux hardis regardaient fixement Yvette ; elle les sentait sur sa joue, sur son cou ; elle n'osait lever les siens. Mais Framley, jetant de temps à autre un coup d'œil au beau bohémien, était à son tour dévisagé par ce regard fier, sombre et orgueilleux. Cette attitude semblait étrange chez un homme appartenant à la caste des humbles : vanité de paria, défi demi-moqueur de proscrit qui, dans son indépendance, raille ceux qui sont soumis aux lois. Tout le temps, d'un air détaché, il resta ainsi, son enfant dans les bras.

C'était à Lucile maintenant : « Vous avez traversé la mer, et là vous avez rencontré un homme, un homme châtain, mais il était trop vieux… »

– Oh ! pas possible ? s'écria Lucile, se tournant vers Yvette.

Mais Yvette distraite, agitée, entendait à peine : elle était tombée dans un de ses états de transes.

– Vous vous marierez dans quelques années, pas encore, mais dans quelques années, quatre peut-être. Vous ne serez pas très riche, mais vous aurez assez d'argent ; suffisamment, et vous partirez – un long voyage.

– Avec ou sans mon mari ? interrogea Lucile.

– Avec lui.

Quand ce fut le tour d'Yvette, la femme, levant les yeux vers elle, la dévisagea hardiment, impitoyablement. Yvette dit nerveusement :

– Je ne veux pas qu'on me lise dans la main. Non ! Réellement, je ne le veux pas !

– Vous avez peur de quelque chose ? fit durement la gitane.

– Non, ce n'est pas pour cela.

Yvette s'agitait.

– Vous avez un secret ? Vous avez peur que je le dise ? Tenez, voulez-vous venir dans la roulotte où personne n'entendra ?

La femme était singulièrement insinuante, et Yvette, toujours fantasque, capricieuse, eut sur son jeune visage doux et fragile, une expression perverse qui le durcit étrangement.

– Oui ! dit-elle soudain. Oui ! C'est une bonne idée !

– Ah ! non, s'écrièrent les autres : ce n'est pas du jeu !

– Je crois que tu as tort, dit Lucile.

– Oui, dit Yvette avec cette légère brutalité qui lui était particulière. C'est ce que je vais faire. J'irai dans la roulotte.

La gitane cria quelque chose à l'homme. Il entra un instant dans la roulotte, réapparut, et descendit les marches. Il remit l'enfant sur ses pieds encore mal assurés et le prit par la main. Il avait véritablement l'allure d'un dandy dans ses bottes noires bien cirées, ses culottes collantes et son étroit chandail vert. L'enfant trottinant près de lui, il se dirigea lentement vers l'abri de branchages construit au creux de la roche grise et dont le sol pierreux était jonché de fougère sèche ; le vieillard était en train de donner au rouan un picotin d'avoine. Comme il passait près d'Yvette, le gitan la regarda droit dans les yeux, de son regard de paria, impudent et malhonnête. En elle, quelque chose de dur soutint la fixité de ce regard. Mais toute la surface de son corps sembla fondre en eau. Néanmoins, elle enregistra les contours singulièrement purs du visage de l'homme, de ses joues, de ses tempes, de son nez droit et fin, l'étrange pureté, suave et mystérieuse, de tout son corps moulé dans le jersey vert : une pureté qui semblait un sarcasme vivant.

Et, comme il passait lentement près d'elle, souple comme un félin, il sembla de nouveau à Yvette que de tous les hommes qu'elle avait jamais vus, celui-ci était le seul qui l'emportait sur elle, le seul qui la surpassait en volonté et en pénétration.

Intriguée, elle suivit la femme, et monta les marches de la roulotte, les pans de son manteau de cuir bien coupé découvrant presque ses genoux sous la robe de drap vert pâle. Elle avait des jambes ravissantes, longues et un peu trop minces qui, sous les bas de laine fine, d'un curieux motif blanc et beige, évoquaient l'image d'un animal délicat. En haut des marches, elle se retourna complaisamment vers les autres pour leur annoncer de son air tout à la fois candide et hautain, si désinvolte :

– Je ne me laisserai pas retenir longtemps.

Son col de fourrure grise, étant ouvert, révélait son cou frêle et sa robe vert pâle ; son petit chapeau tressé, marron clair, descendait jusqu'aux oreilles, encadrant sa figure tendre et fraîche. Il y avait en elle de la faiblesse et, en même temps, une autorité dénuée de scrupules. Elle savait que le gitan s'était retourné pour la regarder. Elle était consciente de sa nuque pure et sombre, de ses cheveux noirs rejetés en arrière. Il l'observait, tandis qu'elle entrait dans son logis.

Personne ne sut jamais ce que la gitane lui avait dit. Pour les autres, l'attente fut très longue. Le crépuscule s'obscurcissait ; l'air devenait froid et vif. De la cheminée de la seconde roulotte, s'échappait avec la fumée une odeur savoureuse. Le cheval, sanglé dans une couverture jaune, avait fini de manger ; un peu plus loin, deux bohémiens causaient à voix basse. Il planait une étrange impression de silence et de mystère, dans cette carrière isolée.

Enfin, la porte de la roulotte s'ouvrit et Yvette, un peu courbée, descendit les marches de ses longues jambes ensorcelantes ; un silence déférent, comme magique, l'enveloppait, tandis qu'elle surgissait ainsi dans le crépuscule.

– Cela vous a paru long ? dit-elle vaguement, sans regarder personne, dissimulant ses pensées avec une tranquille obstination. J'espère que vous ne vous êtes pas trop ennuyés ! Comme le thé sera agréable ! Partons-nous ?

– Montez tous, dit Bob, je vais payer.

La gitane descendit les marches, balançant sa jupe ample et raide d'alpaga vert jade ; elle se dressait de toute sa taille, un air de triomphe sur son sombre visage de louve. Le châle rose, imprimé de fleurs rouges, avait glissé de côté sur ses cheveux noirs bouclés. Arrogante et hardie, dans la pénombre elle contemplait les jeunes gens.

Bob mit deux demi-couronnes dans sa main.

– Un petit peu plus, pour porter bonheur à votre jeune dame, dit-elle, cajoleuse comme une louve se faisant chatte. Encore un peu d'argent pour vous porter chance.

– Vous avez eu déjà votre shilling, c'est assez, dit Bob avec calme, tandis qu'ils se dirigeaient vers l'auto.

– Un peu d'argent ! Rien qu'un tout petit peu, pour vous porter bonheur dans vos amours !

Yvette, au moment de monter en voiture, se ravisa soudain, et eut l'une de ses réactions imprévisibles ; à grandes enjambées, le bras tendu, elle alla mettre quelque chose dans la main de la gitane, puis elle monta dans l'auto, en courbant sa haute taille.

– Prospérité pour la belle jeune dame, et que la bénédiction de la gitane l'accompagne, dit la voix insinuante, mi-moqueuse, de la femme.

Le moteur ronfla, ronfla encore plus furieusement, et démarra. Léo alluma les phares, et immédiatement les bohémiens et la carrière s'enfoncèrent dans les ténèbres de la nuit.

– Bonsoir ! cria Yvette. Mais sa voix flûtée, impudente dans sa nonchalance, fut la seule qui s'élevât. Les phares jetaient un éclat éblouissant sur le chemin pierreux.

– Yvette, il faut que tu nous racontes ce qu'elle t'a dit, s'exclama Lucile, passant outre la silencieuse volonté de sa sœur de n'être pas interrogée.

– Oh ! rien de bien passionnant, dit Yvette avec un entrain affecté. Toujours la même vieille histoire : un homme brun qui m'apporte le bonheur et un blond, le malheur ; une mort dans la famille, ce qui, s'il s'agit de grand-mère, ne sera pas si terrible. Je me marierai à vingt-trois ans, j'aurai des monceaux d'argent, beaucoup d'amour et deux enfants. Tout cela a l'air bien agréable, mais un peu trop beau, vous savez.

– Oui, mais alors pourquoi lui as-tu redonné de l'argent ?

– Eh bien, parce que je voulais le faire ! Avec ces gens-là, il faut savoir être un peu grand seigneur.

CHAPITRE IV

IL Y EUT À LA CURE un terrible tapage, au sujet d'Yvette et des fonds destinés au vitrail. Après la guerre, tante Cissie s'était mis en tête de donner un vitrail à l'église, en mémoire des paroissiens tombés au champ d'honneur. Mais, la plupart ayant été des non-conformistes, ce projet fut réalisé sous la forme d'un affreux petit monument élevé en face de la chapelle wesléienne.

Tante Cissie ne se tint pas pour battue. Elle se fit solliciteuse, organisa des ventes de charité, et, avec l'aide des jeunes filles, des spectacles d'amateurs, pour sa précieuse fenêtre. Yvette, qui aimait jouer et parader sur une estrade, se chargea de monter une comédie intitulée *Marie à son miroir.* Le produit récolté devait être affecté à l'achat du vitrail, quand les comptes seraient réglés. Chacune des jeunes filles était censée avoir une tirelire à cet usage.

Tante Cissie, estimant que les sommes réunies devaient être à présent suffisantes, demanda subitement à voir la caisse d'Yvette. Elle contenait seulement quinze shillings. Il y eut un moment d'horreur.

– Où est le reste ?

Oh ! dit tranquillement Yvette, je l'ai simplement emprunté. Ce n'était pas une si grosse somme.

– Que sont devenues les trois livres treize shillings obtenues par *Marie à son miroir ?* demanda tante Cissie, comme si la gueule de l'enfer s'entrouvrait devant elle.

– Mais parfaitement ! je les ai empruntées. Je puis les rembourser.

Pauvre tante Cissie ! L'abcès de haine qu'elle portait en elle creva soudain, et il y eut une scène épouvantable, qui laissa Yvette tremblante de peur et de dégoût.

Le recteur lui-même prit la chose assez sévèrement.

– Si tu avais besoin d'argent, pourquoi ne m'en as-tu pas avisé ? lui dit-il froidement. Est-ce qu'on t'a jamais refusé une demande raisonnable ?

– Je... je pensais que cela n'avait pas d'importance, balbutia Yvette.

– Et qu'as-tu fait de l'argent ?

– Je crois l'avoir dépensé, répondit-elle en écarquillant les yeux, une expression piteuse sur le visage.

– Dépensé, à quoi ?

– Je ne puis me souvenir de tout : des bas, différentes choses, et puis j'en ai donné un peu.

Pauvre Yvette ! Déjà son air et ses manières arrogantes se retournaient contre elle. Le recteur était irrité, et son visage hargneux était fermé et sarcastique. Il craignait que chez sa fille ne se révélassent les dispositions violentes et corrompues de Celle-qui-fut-Cynthia.

– Tu aimes faire des largesses avec l'argent des autres, hein ? dit-il avec un ricanement sec et glacial, qui révélait son absolu scepticisme. Bassesse d'un cœur complètement dénué de foi et de noblesse. Envers elle, la méfiance de son père était entière.

Yvette pâlit et se replia sur elle-même. Sa fierté, cette flamme précieuse et fragile que tous tentaient d'éteindre, faiblit comme soufflée par un vent glacé ; son visage calme et blanc comme un perce-neige, cette fleur liliale conçue par l'imagination de son père, semblait inanimé, réduit à n'être plus qu'une pure et étrange entité.

« Il n'a aucune confiance en moi ! pensait-elle au plus profond de son âme. En réalité, je ne suis rien pour lui. Rien qu'une honte ! Tout est honte, tout est ignominie ! »

Une flambée de colère et de rage l'aurait accablée ou bien exaspérée, mais ne lui aurait pas donné la sensation d'avilissement que lui causait l'incrédulité de son père, son attitude sarcastique et définitive.

Il commença à s'inquiéter un peu de cette méditation silencieuse et stérile. Au fond, cette *apparence* d'amour, de confiance et de bonheur lui était indispensable. Il n'oserait jamais affronter le ver rongeur qui s'agitait dans son cœur : son propre scepticisme.

– Qu'as-tu donc à dire pour ta défense ? demanda-t-il.

Pour toute réponse, elle leva vers lui ce visage pâle et figé qui obsédait son père, en lui donnant un sentiment d'irrémédiable culpabilité.

Une autre créature, Celle-qui-fut-Cynthia, l'avait regardé de même jadis, avec cette terreur muette : terreur de cette dégradante incrédulité, de ce ver lové au centre de son cœur, et dont il avait pleinement conscience.

Ce qu'il redoutait, c'était d'être deviné. Il haïssait ceux qui, l'ayant percé à jour, s'éloignaient de lui avec répugnance.

Il vit Yvette reculer avec dégoût et sur-le-champ

il reprit la manière d'être, enjouée, mondaine et blasée, qu'il affectait habituellement.

– Eh bien ! dit-il, il te faudra rembourser cela, ma fille, voilà tout. Je t'avancerai l'argent sur ta pension. Mais je te retiendrai quatre pour cent d'intérêt par mois. Le diable lui-même doit payer un intérêt sur ses dettes. Une autre fois, si tu n'es pas sûre de toi, ne touche pas à l'argent qui ne t'appartient pas. L'indélicatesse n'est pas une jolie chose.

Yvette se sentait outragée, humiliée, anéantie. Elle errait, traînant partout après elle les restes de son orgueil brisé. Elle éprouvait un immense dégoût d'elle-même. Oh ! comment avait-elle pu toucher à cet argent empoisonné ? Sa chair tout entière se contractait, comme souillée. Pourquoi ? Pourquoi, mais pourquoi ?

Elle convenait qu'elle avait eu tort de dépenser cet argent. « Bien entendu, je n'aurais pas dû le faire. Leur colère est parfaitement justifiée », se disait-elle. Mais que signifiait cette affreuse répulsion de sa chair ? D'où venait cette impression d'avoir attrapé une maladie contagieuse ?

– Là où tu es vraiment trop bête, Yvette (Lucile, très affligée, la sermonnait), c'est en te laissant pincer ainsi. Tu aurais bien dû te douter que tout se découvrirait. J'aurais pu te procurer l'argent et t'éviter cet embêtement. C'est vraiment terrible ! Mais tu ne réfléchis jamais d'avance où tes actions te conduiront ! Penser que tante Cissie t'a dit toutes ces choses ! Quelle horreur ! Qu'aurait dit maman si elle l'avait entendue ?

Quand les choses allaient de travers, elles songeaient à leur mère et méprisaient leur père et toute cette vulgaire lignée des Saywell. Leur mère, bien entendu, faisait partie d'un monde plus raffiné, bien que plus dangereux et « immoral ». Plus égoïste certainement. Mais en y mettant plus de formes. Elle avait moins de scrupules et témoignait avec plus de facilité son dédain. Mais d'une façon moins humiliante.

Yvette avait toujours été persuadée qu'elle tenait de sa mère son épiderme sensible et délicat. Les Saywell étaient tous un peu coriaces, avaient en eux quelque chose de véreux. Mais jamais ils ne vous abandonnaient. Tandis que l'élégante Cynthia avait quitté le recteur avec fracas, et en même temps ses deux petites filles. Ses petites filles ! Elles ne pourraient jamais lui pardonner complètement. Ce fut après cette scène qu'Yvette, obscurément, commença à prendre conscience du mystère intime de son sang et de sa chair délicate et fragile, mystère sacré que les Saywell, avec leur prétendue moralité, étaient parvenus à souiller. Toujours ils avaient tenté de le faire. Ils étaient sceptiques en face de la vie, tandis que Cynthia était peut-être sceptique seulement vis-à-vis de la morale.

Yvette demeurait hébétée, misérable et pleine de honte. Le recteur remboursa tante Cissie, à la grande fureur de celle-ci. Sa colère ne s'apaisait pas. Elle aurait voulu faire connaître la faute de sa nièce dans la *Revue paroissiale.* Et cette femme ravagée éprouvait une vraie douleur de ne pouvoir la révéler aux yeux du monde entier. Cet égoïsme ! Cet égoïsme !

Puis le recteur remit à sa fille le petit compte établi par lui : le total de la dette d'Yvette, grossie des intérêts, était déduit de sa petite pension. Mais il avait marqué une guinée au crédit de sa fille.

– Comme père de la coupable, dit-il, je suis taxé d'une guinée pour ma complicité. Et cela fait, je puis à nouveau marcher la tête haute.

Il se montrait toujours large dans les questions d'argent. Par là, il croyait pouvoir se considérer comme un homme généreux. Tandis qu'en réalité il se servait de son argent et même de sa générosité comme d'une emprise sur sa fille.

Mais il ne parla plus de cette histoire. À présent, à en juger d'après les apparences, il en était plus amusé qu'ennuyé. Il se croyait encore en sûreté.

Tante Cissie, cependant, ne pouvait surmonter sa rancœur. Une nuit où Lucile était partie au bal, Yvette, tristement, monta se coucher d'assez bonne heure. Tandis qu'elle était étendue, ses membres délicats, douloureux et engourdis comme s'ils avaient été meurtris, la porte s'ouvrit doucement, et la figure blafarde de tante Cissie parut dans l'entrebâillement. Yvette sursauta d'effroi.

– Menteuse ! Voleuse ! Petite bête égoïste ! sifflait le visage dément de tante Cissie. Petite hypocrite ! Menteuse ! Égoïste ! Petite bête avide !

Il y avait sur ce masque blême et dans ces paroles frénétiques une haine si absolue, si extraordinaire, qu'Yvette ouvrit la bouche en un hurlement de terreur, mais tante Cissie referma la porte, aussi soudainement qu'elle l'avait ouverte, et disparut. Yvette sauta de son lit et ferma le verrou. Puis elle se glissa de nouveau dans ses draps, affolée par cette scène monstrueuse et ignoble, à moitié paralysée dans son orgueil saccagé. Et au milieu de tout cela, elle sentait monter en elle, comme une bulle, un rire insensé devant cet esclandre d'un si immonde ridicule.

L'attitude de tante Cissie ne fit pas grand mal à la jeune fille. Après tout, cela avait quelque chose d'irréel. Cependant, elle se sentait atteinte : dans ses membres, dans son corps, dans son sexe. Blessée, engourdie, anéantie, tous ses nerfs à vif.

Et si jeune encore, elle ne pouvait comprendre ce qui se passait en elle.

Elle restait étendue, regrettant de n'être pas une bohémienne. Vivre dans une roulotte, camper, ne jamais mettre le pied dans une maison, ignorer l'existence d'une paroisse, ne jamais regarder une église. Son cœur s'endurcissait, s'emplissait de répugnance à l'égard de la cure. Elle haïssait ces maisons si extraordinairement repoussantes avec leurs salles de bains, leurs appareils sanitaires. Elle détestait la cure et tout ce qu'elle représentait. Ce cloaque, cette vie stagnante, où jamais il n'était question de pourriture, mais où tout, depuis grand-mère jusqu'aux servantes, avait une odeur fétide. Chez les bohémiens, pas de salles de bains, mais du moins, pas d'égouts non plus. Ils vivaient à l'air pur. À la cure, jamais il n'y avait d'air pur. Jamais. Et l'âme de ses habitants respirait le moisi jusqu'à la puanteur.

Étendue ainsi dans une torpeur de tous ses membres, la haine fermentait dans son cœur. Et les paroles de la gitane lui revenaient à l'esprit : « Il existe un homme brun qui n'a jamais vécu sous un toit. Il vous aime. Les autres piétineront votre cœur jusqu'à ce qu'il devienne insensible. Mais l'homme brun ranimera l'étincelle et la flamme jaillira de nouveau. Et vous verrez quelle flamme ! »

À l'instant même où elle les entendit, Yvette sentit qu'une certaine duplicité se cachait derrière ces mots. Mais cela lui était égal. Avec la haine froide et acrimonieuse d'un enfant, elle haïssait l'intérieur familial, le genre de vie putride qu'on y menait ; elle aimait cette grande gitane basanée, un peu louve avec ses grands anneaux d'or aux oreilles, le fichu rose sur ses cheveux noirs et ondulés, le corsage ajusté, en velours marron, la jupe verte en éventail. Elle aimait ses mains brunes, dures et impitoyables qui, comme les pattes d'un loup, pressaient si fortement les douces paumes d'Yvette. Sa dangereuse personnalité, son intrépidité secrète lui plaisaient. Elle admirait sa sensualité insidieuse, inflexible, qui dans son immoralité gardait une fierté rude et méprisante. Rien ne pourrait jamais dompter cette femme. Combien elle mépriserait la cure et la morale qu'on y pratiquait ! D'une main, elle étranglerait grand-mère. Et elle éprouverait pour papa et l'oncle Fred le même dédain que pour le vieux Rover, le gros Terre-Neuve gâteux. Un immense et ironique mépris de femme pour de tels chiens couchants qui se targuaient d'être des hommes. Et le gitan lui-même ! Yvette frissonna, s'imaginant sentir sur elle le regard insolent, chargé d'un désir si impudique. Cette sensation la contraignit à demeurer sur son lit, étendue sans forces, comme sous l'influence d'une drogue.

Elle n'avoua jamais à personne que deux livres de la somme destinée à ce vitrail décidément frappé par les coups du destin avaient été remises à la gitane. Qu'arriverait-il si papa et tante Cissie le savaient ! Elle remua voluptueusement dans son lit. La pensée du gitan avait ramené la vie dans ses membres, et cristallisé dans son cœur la haine de la cure, si bien qu'elle se sentait à nouveau pleine de forces.

Lorsque plus tard Yvette raconta à sa sœur l'intermède dramatique qui s'était passé dans l'embrasure de sa porte, Lucile fut indignée.

– Que le diable l'emporte ! s'écria-t-elle. Qu'elle ne parle plus de cela ! Je crois vraiment que nous en avons assez entendu sur ce sujet ! Grand Dieu ! comme si tante Cissie était une perfection ! Papa a laissé tomber la chose, et après tout ça le regarde plus que personne. Tante Cissie n'a qu'à se taire !

C'était justement parce que le recteur n'en parlait plus et qu'il traitait de nouveau cette Yvette indécise et inconsidérée comme un être d'exception, que la bile de tante Cissie continuait à s'épancher. Le fait qu'Yvette, la plupart du temps, ignorait complètement les sentiments d'autrui, et que, les ignorant, elle ne s'en occupait pas, rendait tante Cissie presque folle. Pourquoi cette jeune créature, fille d'une mère coupable, traverserait-elle ainsi la vie comme un être à part, indifférente à l'existence de ceux qui la touchaient de plus près ?

Lucile était devenue très irritable. Dès qu'elle rentrait à la cure, elle avait l'impression de perdre légèrement l'équilibre. Pauvre Lucile, elle pensait à tout, était responsable de tout. Elle accomplissait toutes les besognes supplémentaires, s'occupait du médecin, de la pharmacie, des servantes, de tout ce genre de choses. En ville, elle s'exténuait consciencieusement à sa tâche, toute la journée, travaillant de dix à cinq heures dans une pièce éclairée artificiellement. Et de retour à la maison, la terrible et permanente curiosité de grand-mère et son encombrante vieillesse lui vrillaient les nerfs à la rendre folle.

En apparence, l'affaire du vitrail était enterrée, mais l'atmosphère restait tendue. Le mauvais temps persistait. Pour son malheur, Lucile demeura à la maison pendant son après-midi de liberté. Le recteur était dans son bureau, et les deux sœurs confectionnaient une robe pour Yvette. Grand-mère reposait sur le divan. La robe en velours de soie bleu, de provenance française, était très seyante. Lucile, encore une fois, la fit essayer à Yvette. Le drapé de la taille la préoccupait.

– Oh ! tant pis ! s'écria Yvette, étirant ses longs bras délicats et enfantins qui commençaient à bleuir de froid. Ne sois pas si horriblement minutieuse, Lucile ! Elle va parfaitement bien.

– Si ce sont là tous les remerciements que j'obtiens pour avoir sacrifié mon après-midi de congé à faire ta robe, j'aurais aussi bien fait de travailler pour moi !

– Voyons, Lucile ! Tu sais bien que je ne t'ai rien demandé ! Mais il faut toujours que tu diriges tout, répondit Yvette avec une agaçante douceur, élevant ses bras nus et se contemplant de dos dans le haut miroir.

– Oh ! bien sûr ! tu ne m'as rien demandé ! s'écria Lucile. Comme si je ne savais pas ce que signifiaient tes soupirs et ton agitation.

– Quoi ? dit Yvette vaguement étonnée. Quand ai-je soupiré et me suis-je agitée ?

– Voyons, tu le sais bien.

– Vraiment ? Non, je ne le sais pas. Quand ça ?

Yvette avait l'art d'exprimer toute la lassitude du monde en posant avec douceur des questions décousues.

– Je ne ferai pas un point de plus à cette robe si tu ne te tiens pas tranquille et si tu ne te tais pas, avertit Lucile de sa voix chaude et sonore.

– Sais-tu que tu deviens par trop querelleuse et irritable, Lucile, riposta la cadette, trépignant comme si le plancher la brûlait.

– Oh ! Yvette ! Veux-tu bien te taire ! s'écria Lucile, dont les yeux, soudain, lancèrent des éclairs. Pourquoi tout le monde s'inclinerait-il devant ton caractère odieux et insupportable ?

– Mon caractère ? Ne parlons pas de mon caractère, veux-tu ? répliqua Yvette en se dégageant lentement de la robe à moitié finie et se rhabillant.

Puis, avec un petit visage obstiné, elle s'assit de nouveau près de la table, en cet après-midi mélancolique, et se remit à coudre. La pièce était jonchée de chutes d'étoffe bleue, les ciseaux gisaient par terre, le contenu de la corbeille à ouvrage était répandu pêle-mêle sur la table, et une deuxième glace avait été juchée sur le piano dans une position périlleuse.

Grand-mère, qui était demeurée dans l'état semi-comateux qu'elle qualifiait de sieste, se souleva sur le grand divan moelleux, et rajusta son bonnet.

– On ne me laisse guère la paix pendant mon somme, dit-elle, en passant lentement la main sur ses maigres cheveux blancs pour les remettre en ordre. Elle avait entendu vaguement le bruit.

Tante Cissie entra, fourrageant dans un sac pour y prendre un chocolat.

– Je n'ai jamais vu un pareil désordre ! dit-elle. Tu feras bien de ranger ce fouillis, Yvette.

– Très bien, dit Yvette. Dans un instant.

– Autant dire jamais ! ricana tante Cissie, qui se précipita subitement pour ramasser les ciseaux. Pendant quelques minutes, le silence régna ; Lucile, qui lisait, ébouriffa lentement ses cheveux.

– Tu ferais mieux de ranger cela, Yvette, insista tante Cissie.

– Oui, je rangerai, avant le thé, répliqua Yvette. Se levant de nouveau, elle enfila la robe bleue par-dessus sa tête, passant ses longs bras nus à travers les emmanchures. Puis elle se plaça entre les deux glaces, pour se regarder encore une fois.

Mais ce faisant, le miroir qu'elle avait perché négligemment sur le piano glissa et tomba par terre avec un bruit retentissant. Par bonheur il ne se cassa pas. Mais tout le monde sursauta.

– Elle a brisé la glace ! s'écria tante Cissie.

– Brisé la glace ! Quelle glace ? Qui l'a cassée ? demanda la voix aiguë de grand-mère.

– Je n'ai rien cassé du tout, répondit la voix calme d'Yvette. Il n'y a aucun mal.

– Tu feras bien de ne plus la poser là-haut, dit Lucile.

Yvette, avec un petit mouvement d'impatience devant tous ces embarras, essaya de placer le miroir ailleurs, sans y réussir.

– Si on pouvait avoir du feu dans sa propre chambre, dit-elle maussade, on pourrait travailler, sans être tracassée par des tas de gens.

– Quelle glace transportes-tu ainsi ? demanda grand-mère.

– Celle qui vient du presbytère et qui nous appartient, répondit Yvette grossièrement.

– D'où qu'elle vienne, ne la casse pas dans cette maison, recommanda grand-mère.

Il y avait une sorte de haine familiale pour tout le mobilier ayant appartenu à Celle-qui-fut-Cynthia. La plupart avait été relégué à la cuisine et dans les chambres des domestiques.

– Oh, mais je ne suis pas superstitieuse, moi ! protesta Yvette.

– C'est possible, répondit grand-mère. Ceux qui n'assument jamais la responsabilité de leurs actes sont généralement indifférents à ce qui peut en résulter.

– Après tout, dit Yvette, quelle importance cela aurait-il, si j'avais cassé ce miroir, puisqu'il m'appartient ?

– Et moi je dis, répliqua grand-mère, que si nous pouvons l'éviter, il n'y aura pas de glaces brisées dans cette maison, quel que soit celui à qui elles appartiennent, ou ont appartenu. Cissie, mon bonnet est-il droit ?

Tante Cissie alla vers la vieille dame et rajusta le bonnet. Yvette, d'une manière agaçante, se mit à fredonner bruyamment un air peu mélodieux.

– Et à présent, Yvette, veux-tu, s'il te plaît, mettre de l'ordre ? dit tante Cissie.

– Oh ! quel ennui ! s'écria Yvette furieuse, c'est vraiment terrible de vivre avec un tas de gens qui vous tracassent et vous critiquent pour des futilités.

– Puis-je demander quelles gens ? dit tante Cissie, menaçante.

Une autre scène était imminente. Lucile releva la tête, une étrange lueur dans les yeux. Chez les deux jeunes filles s'était réveillé le sang de Celle-qui-fut-Cynthia.

– Bien entendu, vous pouvez le demander ! Vous savez parfaitement que je parle de ceux qui habitent cette sale maison, répondit Yvette avec violence.

– Du moins, répliqua grand-mère, nous ne descendons pas d'une famille à moitié dépravée.

Pendant une seconde, l'atmosphère fut chargée d'électricité. Puis Lucile bondit de sa chaise basse, le regard étincelant de colère.

– Taisez-vous ! hurla-t-elle, bravant la majesté ridée de grand-mère.

La poitrine de la vieille dame se souleva, Dieu sait sous l'empire de quelle émotion. Le silence cette fois était glacial, comme après un coup de tonnerre.

Puis tante Cissie, livide, sauta sur Lucile, et la repoussa comme une furie.

– Monte dans ta chambre ! cria-t-elle d'une voix rauque. Monte dans ta chambre !

Et elle repoussait hors de la pièce une Lucile toute blanche, mais dont le regard était enflammé. La jeune fille ne résista pas, tandis que tante Cissie vociférait :

– Tu resteras consignée dans ta chambre, tant que tu n'auras pas demandé pardon à grand-mère !

– Je ne demanderai pas pardon ! résonna du couloir la voix claire de Lucile, pendant que tante Cissie l'entraînait vers l'escalier, plus sauvagement encore.

Yvette était restée dans le salon, immobile, avec sur le visage cet air de dignité offensée et pensif à la fois, qui paraissait chez elle si singulier. Elle était toujours bras nus dans la robe bleue inachevée. Même elle se sentait consternée de l'attaque de Lucile contre la majestueuse vieillesse de grand-mère ; cependant, l'insulte portée contre le sang qui coulait dans leurs veines la remplissait d'une violente indignation.

– Bien entendu, je ne voulais offenser personne, dit la vieille dame.

– Vraiment ? répondit Yvette froidement.

– Bien sûr que non. J'ai simplement dit qu'on n'est pas dépravé parce qu'on a la superstition des miroirs brisés.

Yvette ne pouvait en croire ses oreilles. Avait-elle bien entendu ? Était-ce possible ? Grand-mère, à son âge, mentait-elle aussi effrontément ?

Yvette sentait que la vieille femme proférait, le plus tranquillement du monde, un mensonge flagrant. Mais déjà la grand-mère était elle-même convaincue de la véracité de ses dires.

Le recteur parut, ayant laissé aux choses le temps de s'apaiser.

– Qu'est-ce qui ne va pas ? demanda-t-il prudemment, d'un ton enjoué.

– Oh ! rien, répondit Yvette d'une voix traînante. Lucile a prié grand-mère de se taire et tante Cissie l'a chassée jusque dans sa chambre. *Tant de bruit pour une omelette*[1]. Il est vrai que Lucile a, cette fois, légèrement dépassé la mesure.

La vieille femme ne saisissait pas tout ce que racontait Yvette.

– Vraiment, Lucile devrait apprendre à dominer ses nerfs, fit-elle remarquer. Le miroir

---

1. En français dans le texte.

est tombé, et j'ai dit à Yvette que cela me tracassait. Elle a répondu quelque chose, au sujet de gens superstitieux qui vivaient dans une sale maison. J'ai rétorqué que ce n'était pas parce que les habitants de la maison détestaient qu'on brisât un miroir qu'ils étaient pour autant dépravés. Et en entendant cela, Lucile a sauté sur moi, en me disant de me taire. C'est réellement honteux que ces petites se laissent ainsi aller à leurs nerfs. Je suis certaine que ce n'est qu'une question de nerfs.

Tante Cissie était entrée pendant ce discours ; au début, elle-même en resta pantoise. Puis il lui sembla que les choses s'étaient bien passées ainsi que le racontait grand-mère.

– Je lui ai ordonné de ne sortir de sa chambre que lorsqu'elle serait prête à faire des excuses à Mater, dit-elle.

– Je doute qu'elle fasse des excuses, dit Yvette tranquillement en croisant ses bras nus avec un air de reine.

– Et je ne veux pas d'excuses, dit la vieille dame. Ce sont simplement ses nerfs. Je ne sais pas ce qu'elle deviendra, si elle en a déjà de pareils à son âge. Il faut qu'elle prenne de la neurasthénine. Cissie, je suis sûre qu'Arthur désire son thé.

Yvette ramassa son ouvrage, prête à remonter chez elle. Et de nouveau, elle se mit à fredonner d'une voix aigre et discordante. Intérieurement elle tremblait.

– De nouveaux chiffons ? lui dit son père, aimablement.

– De nouveaux chiffons ! répéta-t-elle sagement en montant nonchalamment l'escalier, sa robe sur le bras.

Elle voulait consoler Lucile et lui demander si le drapé de la robe tombait mieux à présent.

Au premier étage, elle s'arrêta près de la fenêtre du palier comme elle le faisait presque chaque fois pour regarder le pont et la route. Comme la dame de Shalott [1], elle semblait toujours espérer la venue de quelqu'un qui, le long de la rivière, irait chantant *Tire-lire*, ou quelque chose d'aussi intelligent.

---

1. Titre d'un poème de Tennyson. *(N.d.T.)*

CHAPITRE V

L'HEURE DU THÉ était proche. Les perce-neige fleurissaient le long de la petite allée conduisant de la grille à la maison ; le jardinier sarclait la terre humide des massifs arrondis sur la pente gazonnée qui descendait vers la rivière. Au-delà de la grille s'étendait la route blanchâtre et boueuse ; presque aussitôt, traversant le pont de pierre, elle s'élevait en serpentant vers le rocailleux village aux toits surmontés de volutes de fumée, qui surplombait, au nord, de tristes moulins de pierre. Yvette les distinguait, devant elle, avec leurs cheminées si hautes et droites, au fond de l'étroite vallée.

La cure était située sur une des rives de la Papple, dans la vallée escarpée ; le village se trouvait plus bas, de l'autre côté du courant. Derrière la maison, la colline s'élevait en pente raide, et la route disparaissait dans un bosquet de mélèzes sombres et dénudés. Sur l'autre bord, juste en face de la cure, la berge escarpée et couverte de buissons se haussait jusqu'aux mornes pâturages qui cédaient la place, un peu plus haut, à de tristes pentes boisées où des roches grises affleuraient le sol.

Mais, de l'extrémité de la maison, Yvette n'apercevait que la route, qui après avoir longé le mur et sa haie de lauriers descendait vers le pont pour remonter ensuite jusqu'au premier groupe des sévères maisons de Papplewick, au-delà des champs abrupts entourés de murs de pierre sèche.

Elle s'attendait toujours à voir *quelque chose* surgir sur la route descendant de Papplewick, et constamment elle s'attardait à la fenêtre du palier. Souvent passait une charrette, une auto, un camion chargé de pierres, un ouvrier ou une des servantes. Mais jamais personne qui chantât *Tire-lire* au bord de la rivière. Cela paraissait une chose du passé.

Ce jour-là, cependant, au coude de la route grisâtre bordée d'herbes et de murs bas, un cheval rouan descendait la côte à vive allure ; il était conduit par un homme à casquette perché sur le siège de la carriole et qui se laissait balancer négligemment au mouvement de la voiture, dans le silence de ce morne après-midi. De l'arrière de la charrette, sortaient des plumeaux et de longs balais de jonc qui s'inclinaient sur leurs manches de bambou.

Yvette se tenait tout près de la fenêtre, ayant repoussé derrière elle les rideaux de serge, et de ses deux mains elle étreignait ses bras nus.

Au bas de la colline, le cheval prit un trot rapide pour s'engager sur le pont, qui résonna sous le poids de la voiture ; les balais s'agitèrent, oscillèrent en tous sens ; le conducteur se laissait ballotter comme perdu dans ses songes. Tout cela se déroulait comme en un rêve.

Mais alors qu'ayant franchi le pont, il longeait le mur du presbytère, il leva les yeux vers l'austère maison de pierre qui semblait s'être éloignée de la grille pour se rapprocher de la colline. Yvette, d'un geste vif, déplaça ses mains le long de ses bras. Aussitôt, le gitan l'aperçut, d'en dessous sa casquette, et son visage basané se fit attentif.

Il s'arrêta net près de la grille blanche, les yeux toujours fixés sur la fenêtre du palier : Yvette continuait d'étreindre ses bras marbrés par le froid et, de la croisée, le contemplait distraitement.

Il lui adressa un petit signe de tête, et conduisit son cheval sur l'herbe, bien à l'écart. Puis, agilement, il roula la bâche de la carriole, prit plusieurs objets, tira à lui deux ou trois balais de jonc et de plumes de dinde, recouvrit la voiture et se dirigea vers la maison, regardant Yvette tandis qu'il ouvrait la grille.

Elle inclina la tête, et s'enfuit vers la salle de bains pour remettre sa robe, avec l'espoir d'avoir déguisé son geste de telle sorte que le bohémien ne pût être sûr qu'il s'agissait d'un salut. Elle entendit le grondement enroué de ce vieux fou de Rover, ponctué par le jappement de ce jeune idiot de Trixie.

Elle parvint à la porte du salon en même temps que la femme de chambre.

– C'est l'homme qui vend des balais ? interrogea Yvette. Très bien ! Et elle ouvrit la porte. Tante Cissie ! il y a là un homme qui vend des balais. Dois-je y aller ?

– Quel genre d'homme est-ce ? demanda tante Cissie, qui prenait le thé en compagnie du recteur et de la Mater, les deux jeunes filles ayant été pour une fois exclues de ce repas.

– Un homme avec une carriole, dit Yvette.

– Un romanichel, dit la servante.

Tante Cissie, bien entendu, se leva tout de suite. Il fallait qu'elle allât le regarder.

Le gitan se tenait à la porte de derrière, au pied de la pente escarpée où poussaient les tristes mélèzes. Une de ses mains brandissait les longs balais ; à l'autre étaient suspendus divers objets de cuivre, jaune et rouge : une casserole, un chandelier, quelques assiettes en cuivre battu. Lui-même avait l'air d'un mauvais sujet ainsi coiffé de sa casquette vert foncé, et vêtu de sa veste croisée à carreaux. Mais son aspect était soigné et ses manières, bien que fières et teintées d'une pointe de hauteur et de condescendance, semblaient modestes et paisibles.

– Vous faut-il quelque chose aujourd'hui, madame ? dit-il en regardant tante Cissie de ses yeux noirs, pénétrants et rusés, mais en donnant à sa voix une inflexion légèrement caressante.

Tante Cissie vit combien il était beau, regarda la courbe sinueuse de ses lèvres sous la fine moustache noire, et sentit son cœur palpiter. Au plus léger soupçon d'agressivité ou de brutalité de la part de l'homme, elle lui aurait dédaigneusement fermé la porte au nez. Mais il parvint à imprimer à sa virile tournure une si subtile apparence de docilité, qu'elle hésita.

– Le chandelier est ravissant ! dit Yvette. C'est vous qui l'avez fait ?

Et elle leva vers lui son regard naïf et enfantin, mais qui tout autant que celui du bohémien savait suggérer l'ambiguïté.

– Oui, madame !

Pendant une seconde, à son tour, il la regarda avec l'expression d'un désir si manifeste, qu'il agit sur elle comme un sortilège, abolissant toute volonté. Son délicat visage sembla hypnotisé.

– Il est extrêmement joli ! murmura-t-elle vaguement.

Tante Cissie se mit à marchander le chandelier, tige de cuivre courte et épaisse, s'élevant d'une double coupe.

Avec patience, l'homme s'occupait d'elle sans regarder une seule fois Yvette, qui, appuyée contre l'embrasure de la porte, les observait rêveusement.

– Comment va votre femme ? lui demanda-t-elle soudain, tante Cissie étant rentrée pour montrer le chandelier au recteur, et savoir si le prix demandé était raisonnable.

L'homme regarda intensément Yvette, et un sourire presque imperceptible retroussa sa lèvre ; ses yeux ne souriaient pas, et leur expression insinuante se durcit farouchement.

– Elle va très bien. Quand repasserez-vous par chez nous ? murmura-t-il d'une voix basse, intime et caressante.

– Oh ! je ne sais pas, répondit-elle évasivement.

– Venez un vendredi, le jour où j'y suis, dit-il.

Yvette avait le regard fixé par-dessus son épaule, comme si elle ne l'avait pas entendu. Tante Cissie revint avec le chandelier et l'argent pour le payer. La jeune fille s'éloigna, nonchalante, en fredonnant des bribes d'un de ses airs favoris, se désintéressant de toute cette affaire avec une certaine impolitesse.

Néanmoins, en se dissimulant cette fois, elle se tint près de la fenêtre du palier pour surveiller le départ de l'homme. Elle voulait savoir si réellement il possédait un pouvoir sur elle. Mais elle n'avait pas l'intention d'être vue.

Elle le vit passer la grille, et redescendre vers sa carriole avec ses casseroles et ses balais. Il les arrangea soigneusement et assujettit la bâche. Puis, sans effort, d'un tranquille mouvement des reins, il bondit sur le siège et ajusta ses rênes. Le cheval rouan partit aussitôt, les roues grincèrent en montant la côte, et bientôt l'homme avait disparu, sans s'être retourné. Enfui, comme un rêve, ce n'était rien de plus qu'un rêve, mais cependant elle ne pouvait le chasser de son esprit.

– Non, il n'a aucun pouvoir sur moi ! se dit-elle, plutôt désappointée, car en réalité, elle aurait désiré que quelqu'un ou quelque chose eût de l'empire sur elle.

Elle monta raisonner Lucile pâle et excédée, la grondant de se mettre dans un pareil état, pour rien du tout.

– Quelle importance cela a-t-il, lui reprocha-t-elle, d'avoir dit à grand-mère de se taire ! Quoi !

Mais c'est bien ce que méritent tous ceux qui se montrent odieux. Mais tu sais, elle n'avait pas de mauvaise intention ; non, pas la moindre. Et elle est désolée. Il n'y a absolument aucune raison de faire tant d'embarras. Viens, habillons-nous comme des princesses pour descendre dîner et ne nous laissons pas démonter par toute cette histoire. Viens, Lucile !

La gaieté d'Yvette, cette façon bizarre et obscure de tourner le dos à un ennui, avait quelque chose de compliqué et d'étrange. C'était réconfortant en même temps. Mais on éprouvait l'impression de marcher par un jour brumeux d'automne, le visage balayé par des fils de la Vierge. On ne savait plus très bien où l'on était.

Elle parvint cependant à persuader Lucile, et les jeunes filles revêtirent leurs plus beaux atours : Lucile en vert et argent, Yvette en mauve pâle, avec des broderies turquoise. Un peu de poudre et de rouge, leurs plus élégants souliers, et elles sentirent refleurir tous les jardins du paradis. Yvette fredonnait tout en s'examinant, et prit son air le plus *dégagé* [1], digne d'une jeune marquise. Elle avait une façon originale d'arquer les sourcils et de plisser les lèvres, paraissant détachée de toute considération bassement matérielle, comme

1. En français dans le texte.

si elle voguait sur les nuages couleur d'aurore de ses secrètes pensées. C'était amusant à voir et pas entièrement convaincant.

– Naturellement que je suis belle, Lucile, dit-elle d'un ton suave. Quant à toi, tu es absolument adorable avec ce petit air de reproche. Bien sûr, ton nez te vaut d'être la plus aristocratique de nous deux ! Et à présent, ton regard réprobateur a quelque chose de piquant qui te rend jolie à ravir. Mais en un sens, je suis plus profondément irrésistible. N'es-tu pas de mon avis ?

Espiègle, elle se tourna vers Lucile avec une simplicité étudiée.

Ses paroles étaient parfaitement sincères, reflétaient exactement sa pensée. Mais elles ne laissaient rien transparaître du sentiment très différent qui la préoccupait aussi : le sentiment qu'elle avait été contemplée, non pas dans sa personne extérieure, mais dans son être intime, dans sa plus secrète féminité. Elle s'était habillée ce soir de façon éblouissante, pour contrebalancer l'impression qu'avait produite sur elle le bohémien, quand il l'avait regardée, sans voir ni sa jolie figure ni le charme de ses manières, mais seulement le puissant mystère, obscur et frémissant, de sa virginité.

Quand le gong du dîner se fit entendre, les deux sœurs se préparèrent à descendre majestueusement l'escalier ; mais elles attendirent pour entrer toutes deux au salon d'avoir entendu la voix des hommes. Yvette, sûre d'elle-même avec son air gracieux, mais toujours un peu lointain ; Lucile timide, prête à fondre en larmes.

– Grand Dieu ! s'exclama tante Cissie, qui avait gardé son costume de jersey marron foncé, quelle apparition ! Où comptez-vous aller ce soir ?

– À un dîner de famille, répondit Yvette ingénument, et pour cette occasion, nous avons revêtu nos plus beaux atours.

Le recteur éclata de rire, et l'oncle Fred déclara :

– La famille se sent grandement honorée.

Les deux vieillards étaient tout à fait galants, réalisant ainsi le désir d'Yvette.

– Venez ici que je tâte vos robes, je vous prie ! dit grand-mère. Ce sont vos plus belles ? Quel dommage que je ne puisse les voir !

– Ce soir, Mater, dit oncle Fred, pour être à la hauteur des circonstances, nous conduirons ces deux jeunes dames à table ; voudrez-vous prendre le bras de Cissie ?

– Certainement, dit grand-mère, la jeunesse et la beauté doivent passer d'abord.

– Bien, Mater, répondit le recteur enchanté. Et il offrit son bras à Lucile ; oncle Fred prit celui d'Yvette.

Mais malgré tout, le repas se traîna tristement ; Lucile faisait des efforts pour paraître gaie et sociable, et Yvette, à sa façon un peu vague et lointaine, était véritablement des plus aimables. Obscurément, au fond d'elle-même, elle songeait : « Pourquoi avons-nous tous l'air de faire partie du mobilier ? Pourquoi ne se passe-t-il rien d'intéressant ? »

C'était là un refrain perpétuel : « Pourquoi ne se passe-t-il rien d'intéressant ? » Qu'elle fût à l'église, dans une réunion de jeunes gens, à un bal de la ville, cette même question remontait comme une petite bulle dans son esprit.

Beaucoup de jeunes gens lui faisaient la cour : avec ferveur même. Mais impatiemment, elle s'en débarrassait. Pourquoi étaient-ils si peu intéressants ? – si irritants ?

Elle ne pensait même pas au bohémien. Ce n'était là qu'un incident parfaitement négligeable. Et cependant, ce vendredi tout proche lui paraissait étrangement significatif. « Que faisons-nous vendredi ? » demanda-t-elle à Lucile. Ce à quoi sa sœur répondit qu'elles ne feraient rien. Et Yvette fut vexée.

Le vendredi arriva, et en dépit d'elle-même, tout le jour elle pensa à la carrière de Bonsall Head. Elle aurait voulu y être. C'est là tout ce dont elle se rendait compte. Elle voulait y être.

Mais pas un instant, elle n'eut l'idée de s'y rendre. D'ailleurs, il pleuvait de nouveau. Cependant, tout en terminant la robe bleue pour le bal du lendemain à Lambley Close, elle sentait que son esprit était là-haut, dans la carrière, avec les gitans, au milieu des roulottes. Tel un être perdu, à qui on aurait pris son âme, elle était comme absente de son corps, de l'enveloppe de son corps. Son moi véritable était ailleurs, parmi les roulottes.

Le jour suivant, au bal, elle fut, à son insu, charmante avec Léo. Elle ne se rendait pas compte qu'elle l'arrachait à Ella Framley, mettant celle-ci à la torture ; jusqu'au moment où, tandis qu'elle mangeait sa glace à la pistache, il lui dit :

– Pourquoi ne nous fiancerions-nous pas, vous et moi, Yvette ? Je suis absolument certain que c'est la meilleure solution pour nous deux.

Léo était un peu vulgaire, mais bon garçon et dans une situation aisée. Yvette l'aimait bien. Mais se fiancer à lui ! Quelle stupidité ! Elle eut envie de lui offrir comme fiancée une de ses parures de crêpe de Chine !

– Mais je croyais que c'était Ella ! dit-elle, confondue.

– Ah ! oui, c'eût été possible, sans vous. C'est votre faute, vous savez ! Depuis que ces gitans vous ont dit la bonne aventure, j'ai compris que moi seul comptais à vos yeux, et qu'à mes yeux, il ne pouvait en exister une autre que vous.

– Vraiment ? dit Yvette tombant des nues.

– N'aviez-vous pas aussi un peu cette impression ? demanda-t-il.

– Vraiment ? répéta Yvette, haletant doucement comme un poisson hors de l'eau.

– Vous éprouviez un peu le même sentiment, n'est-ce pas ?

– Quoi ? À quel sujet ?

– À mon égard. Pareil à celui que je ressens pour vous.

– Comment ? Quoi ? Pour se fiancer, voulez-vous dire ? Moi ! Non ! Comment l'aurais-je pu ? Je n'aurais jamais songé à une chose aussi impossible.

Elle parlait avec sa franchise habituelle, sans aucune considération pour ses sentiments à lui.

– Qui vous en empêchait ? dit-il un peu piqué. Je croyais que vous y pensiez.

– Vraiment, vous le croyiez ? murmura-t-elle stupéfaite, avec cette douce candeur, virginale et insouciante qui lui valait des admirateurs et des ennemis.

Elle semblait si abasourdie, qu'il ne restait comme ressource à Léo, que de faire tourner ses pouces pour exprimer sa contrariété.

La musique reprit, et il la regarda.

– Non ! Je ne danserai plus, dit-elle en se redressant avec une certaine hauteur, et en contemplant les danseurs, comme si Léo n'existait pas. Son front reflétait encore un léger étonnement et son délicat visage, pâle et virginal, faisait songer au perce-neige dont l'imagination de son père s'enchantait.

– Mais bien entendu, vous, vous allez danser, dit-elle se tournant vers lui avec une condescendance puérile. Je vous en prie, allez chercher une danseuse…

Il se leva avec colère et s'éloigna dans la salle.

Stupéfaite encore, elle se perdit dans ses pensées. S'imaginer que Léo la demanderait en mariage ! Et pourquoi pas le vieux Rover, le terre-neuve ! Se fiancer à qui que ce fût ? Non, juste ciel, on ne pouvait concevoir chose plus ridicule !

Ce fut alors que, fugitivement, l'image du gitan se présenta à son esprit. Immédiatement, elle s'indigna. Lui, moins que personne ! Lui ? Jamais !

« Pourquoi ? » s'interrogea-t-elle encore, dans une muette stupéfaction. « Pourquoi ? Puisque c'est impossible, absolument impossible, alors pourquoi ? »

Voilà qui était un problème sur lequel méditer. Elle regarda les jeunes gens qui dansaient, les coudes loin du corps, la taille bien prise dans leurs habits cintrés. Ils n'apportaient pas la moindre réponse à sa question. Et cependant, elle détestait particulièrement l'élégance artificielle de leur taille, leurs hanches proéminentes, sur lesquelles les pans des habits bien coupés s'étalaient avec une réserve si efféminée.

« Il y a en moi quelque chose qu'ils ne voient pas et ne verront jamais », se dit-elle avec irritation. Et en même temps, elle était soulagée qu'il en fût ainsi. Cela rendait la vie tellement plus facile.

Et encore une fois, avec sa faculté de visualiser ses pensées, elle vit le chandail vert sombre, roulé sur le pantalon noir du gitan, ses hanches sveltes et souples, attentives comme un regard. Elles avaient de la distinction. L'élégance des danseurs semblait si factice ; leurs hanches paraissaient faites de chair rembourrée. Léo était pareil, bien qu'il se crût si brillant danseur, et d'une si jolie tournure.

Et elle revit le visage du gitan, le nez droit, les lèvres fines et mobiles, et au niveau du sien, le regard éloquent des yeux noirs qui, infailliblement, semblaient la pénétrer jusqu'en un point vital et inexploré. Elle se ressaisit, mécontente. Comment osait-il la regarder ainsi ? Et elle fixait d'un regard farouche les bellâtres insipides qui dansaient toujours. Et elle les méprisait. Avec la même fougue que ces bohémiennes déguenillées qui dédaignent les hommes d'une autre race que la leur, raillant leur démarche servile, elle se surprit à mépriser cette foule. Se trouvait-il parmi eux, celui qui seul saurait l'atteindre, d'un appel subtil et insinuant ?

Elle ne voulait pas d'un chien de garde comme compagnon. Son petit nez délicat se plissait ; ses soyeux cheveux châtains encadraient doucement son délicat visage de fleur, tandis qu'assise elle méditait ainsi. Elle paraissait tellement candide. Et en même temps, on sentait en elle un soupçon de sorcellerie qui écartait d'elle les hommes à tempérament de chiens couchants. En un instant, elle pouvait se métamorphoser, devenir un être étrange, un peu inquiétant.

Pour cette raison, et malgré tous ses amoureux, elle se sentait solitaire. La cour qu'on lui faisait l'isolait peut-être davantage encore.

Léo qui possédait une âme de terre-neuve au milieu des chiens de garde revint près d'elle, la danse terminée, ayant repris joyeusement courage.

– Vous avez réfléchi un petit peu, n'est-ce pas ? dit-il s'asseyant près d'elle, en gaillard décidé, à l'aise et bien nourri.

Elle ne sut pourquoi, elle se sentit exaspérée en le voyant pincer son pantalon pour le remonter sur ses jambes bien proportionnées, quoique peu distinguées, et se laisser tomber avec assurance sur une chaise.

– Réfléchi ? dit-elle distraitement. À quoi ?

– Vous le savez bien, dit-il. Avez-vous pris une décision ?

– Une décision ? À quel sujet ? demanda-t-elle d'un air innocent.

Dans son esprit, elle avait réellement tout oublié.

– Oh ! dit Léo, ajustant de nouveau l'étoffe de son pantalon, au sujet de nos fiançailles, vous savez bien… Son ton était presque aussi dégagé que celui d'Yvette.

– Oh ! ça, c'est absolument impossible, dit-elle aimablement comme s'il s'agissait d'un sujet insignifiant. Vraiment, je n'y ai même plus pensé. Ne parlez plus de cette absurdité. Cette idée est absolument impossible, répéta-t-elle puérilement.

– Cette idée-là est impossible, dites-vous ? reprit-il en souriant d'un air singulier, à cette affirmation faite d'un ton calme et froid. Alors laquelle est possible ? Vous ne voulez pas mourir vieille fille, je pense ?

– Oh ! cela me serait égal, répondit-elle distraitement.

– Pas à moi.

Elle se tourna vers lui, le considérant avec étonnement.

– Pourquoi ? Pour quelle raison cela vous ennuierait-il que je reste vieille fille ?

– Pour toutes les raisons du monde, dit-il en levant les yeux vers elle, avec un sourire impudent et significatif qui voulait se faire comprendre de façon explicite, sinon évidente.

Mais le sourire audacieux de Léo, au lieu de la pénétrer et de l'atteindre dans un repli profond et secret de son être, heurta seulement la surface de son corps, comme l'eût fait une balle de tennis, lui causant la même impression brutale et déplaisante.

– Je pense que tout ceci est extrêmement stupide, dit-elle avec une impertinente ironie. Comment, vous êtes pour ainsi dire fiancé à... à..., elle se reprit à temps, probablement à une demi-douzaine d'autres jeunes filles. Je ne suis pas particulièrement flattée de ce que vous m'avez dit. Je détesterais que quelqu'un le sût ! – J'en serais furieuse ! Je n'en soufflerai mot à personne et j'espère que vous aurez la sagesse d'agir de même. – Voici Ella !

En évitant son regard, elle s'éloigna, telle une longue fleur délicate, pour rejoindre la pauvre Ella Framley.

Léo fit claquer ses gants blancs.

« Petite coquette, petite rosse ! » se dit-il. Mais étant de la race des chiens couchants cela lui plaisait assez qu'une chatte lui sautât à la figure. Et définitivement, ce fut sur elle que se porta son choix.

CHAPITRE VI

LA SEMAINE SUIVANTE, il pleuvait de nouveau à torrents, et cela irritait étrangement Yvette. Elle comptait que le temps serait beau, et plus spécialement vers la fin de la semaine. Pourquoi, elle ne se l'avouait pas. Le jeudi, jour de congé, ramena un froid sec et le soleil. Léo arriva en auto, accompagné de la bande habituelle. Sans explication et d'une façon désagréable, Yvette refusa de les accompagner.

– Non, merci, je ne suis pas disposée à sortir, dit-elle.

Elle se sentait prise d'un esprit de contradiction.

Puis elle partit pour une promenade solitaire sur les collines glacées, jusqu'aux Roches Noires.

Le jour suivant fut également froid et beau. On était en février, mais dans cette région du Nord, la terre ne dégelait pas encore au soleil. Yvette annonça qu'elle partait faire un tour en bicyclette et emportait son déjeuner, car elle ne reviendrait sans doute que l'après-midi.

Elle se mit en route sans se presser. En dépit du froid, le soleil donnait déjà une impression de printemps. Dans le parc, à distance, les cerfs, debout, se chauffaient au soleil. Une biche tachetée de blanc traversa lentement le paysage immobile.

Tout en roulant, Yvette avait peine à se réchauffer les mains, bien que le reste de son corps fût brûlant. Elle n'y parvint qu'en montant, à pied, une longue côte abritée du vent. Le haut plateau était clair et nu, et semblait faire partie d'un autre monde. Elle avait grimpé jusqu'à une route toute plate. Elle roulait lentement, craignant un peu de se tromper dans l'immense dédale des clôtures de pierre. Comme elle suivait un chemin qu'elle croyait être le bon, elle entendit des coups légers accompagnés d'un faible bruit métallique.

Le gitan était assis par terre, appuyé contre le timon de la voiture, et martelait un bol de cuivre. Il était vêtu de son jersey vert, et tête nue au soleil ; auprès de lui trois jeunes enfants jouaient tranquillement sous l'abri servant d'écurie : le cheval et la carriole étaient absents. Une femme âgée, un fichu autour de la tête, cuisinait, penchée sur un feu de fagots. Le seul bruit qu'on pût entendre était le choc régulier et rapide du petit marteau sur le cuivre terni.

Quand Yvette sauta de sa bicyclette, l'homme aussitôt leva les yeux, mais ne bougea pas, bien qu'il cessât son martèlement. Un léger sourire de triomphe, à peine perceptible, parut sur son visage. La vieille femme se tourna pour la dévisager avec insistance, de dessous ses cheveux gris et sales. L'homme lui dit un mot inintelligible et elle se courba de nouveau sur le feu. Il regarda la jeune fille.

– Comment allez-vous, tous ? demanda poliment Yvette.

– Très bien ! Asseyez-vous une minute !

Restant assis, il se pencha et de dessous la roulotte tira un escabeau. Puis tandis qu'elle rangeait sa bicyclette contre une des parois de la carrière, il reprit sa tâche, à petits coups rapides, comme le ferait un bec d'oiseau.

Yvette alla vers le feu pour se réchauffer les mains.

– Vous préparez le dîner ? demanda-t-elle puérilement à la vieille bohémienne, en tendant vers la braise ses longues mains délicates, marbrées par le froid.

– Le dîner ? oui ! dit la vieille femme. Pour lui et pour les enfants.

Elle désigna de sa longue fourchette les trois

enfants aux yeux sombres qui la considéraient fixement à travers leurs franges noires. Mais ils étaient propres. Seule la vieille était sale. La carrière elle-même était parfaitement tenue.

Agenouillée, Yvette se chauffait les mains en silence. L'homme frappait toujours, avec des intervalles de repos. La vieille mégère grimpa péniblement les marches de la troisième roulotte, la plus délabrée. Les enfants se remirent à jouer, affairés et muets comme de petits animaux sauvages.

– Ce sont vos enfants ? demanda Yvette, se remettant debout et se tournant vers l'homme.

Il la regarda droit dans les yeux et inclina la tête.

– Mais où est votre femme ?

– Elle est partie avec le panier. Ils sont tous partis, carriole comprise, pour vendre les choses. Moi, je ne vends pas. Je fabrique les objets, mais je ne les vends pas. Non ! pas souvent.

– C'est vous qui faites tous ces bibelots de cuivre jaune et rouge ? demanda-t-elle.

Il fit un signe d'assentiment et de nouveau lui offrit un siège. Elle s'assit.

– Vous avez dit que le vendredi vous étiez ici, dit-elle. Aussi, comme il faisait beau, je suis venue de ce côté !

– C'est vrai qu'il fait beau ! dit le gitan, détaillant la joue d'Yvette un peu pâlie par le froid, les cheveux soyeux cachant son oreille rougie et les longues mains encore marbrées qui reposaient sur ses genoux. Vous avez froid à bicyclette ?

– Aux mains, répondit-elle, les étreignant nerveusement.

– Vous ne portez pas de gants ?

– Si, mais ils ne protègent guère.

– Le froid les traverse.

– Oui ! approuva-t-elle.

Grotesque, la vieille descendit lentement les marches de la roulotte, portant quelques assiettes d'émail.

– Le dîner est cuit, hein ? appela-t-il doucement.

La vieille murmura quelque chose, en plaçant les assiettes près du feu. Deux marmites étaient suspendues à une longue barre de fer au-dessus de la braise. Un petit pot bouillait sur un court trépied de fer. Les ondes de chaleur et la fumée s'élevaient ensemble dans la lumière.

Il déposa par terre son bol et ses outils et se remit sur ses pieds.

– Vous mangez quelque chose avec nous ? demanda-t-il à Yvette sans la regarder.

– Oh ! j'ai apporté mon déjeuner, dit-elle.

– Prenez un peu de ragoût, proposa-t-il. Et de nouveau, tranquillement, à voix basse il parla à la vieille femme qui marmotta une réponse en faisant glisser la marmite à l'extrémité de la barre de fer.

– Des haricots avec un peu de mouton, dit-il.

– Oh ! merci beaucoup ! répondit Yvette. Puis soudain, ayant repris courage, elle ajouta :

– Eh bien, oui, un tout petit peu seulement, si vous voulez bien.

Elle se dirigea vers sa bicyclette pour en détacher le paquet de son déjeuner, et il monta les marches de sa roulotte. Au bout d'une minute, il reparut en s'essuyant les mains avec une serviette.

– Voulez-vous venir vous laver les mains ?

– Non, merci, dit-elle, elles sont propres.

Il jeta l'eau dans laquelle il s'était lavé, et une grande cruche de cuivre à la main, il se dirigea vers une source qui s'écoulait dans un petit bassin. Il portait aussi une tasse pour pouvoir puiser l'eau.

Quand il revint, il posa près du feu la cruche et la tasse et alla chercher une courte bûche en guise de siège. Les enfants étaient groupés par terre près du foyer, mangeant des haricots et des morceaux de mouton avec des cuillers ou avec leurs doigts. L'homme, assis sur sa bûche, mâchait en silence d'un air absorbé. La femme prépara le café dans le pot noir posé sur le petit trépied, et monta en boitillant chercher des tasses. Le silence régnait dans le camp. Yvette, assise sur son escabeau, avait retiré son chapeau et secoué ses cheveux au soleil.

– Combien d'enfants avez-vous ? lui demanda-t-elle soudain.

– Mettons cinq, répliqua-t-il lentement, la regardant dans les yeux. Et de nouveau, le bonheur qui chantait dans son cœur s'affaiblit, sembla s'éteindre. Étourdie, comme dans un rêve, elle accepta de ses mains une tasse de café. Elle n'avait conscience que de la silhouette silencieuse de l'homme assis là sur sa bûche telle une ombre, une tasse d'émail à la main, buvant sans mot dire. Chez elle, toute volonté était abolie, elle était en son pouvoir, son esprit la possédait.

Et lui, tout en soufflant sur son café brûlant, n'était sensible qu'à une seule chose : au fruit mystérieux de sa virginité, à la parfaite délicatesse de son corps.

Enfin, il reposa sa tasse près du feu et la regarda : ses cheveux cachaient sa figure, tandis qu'elle buvait à petites gorgées le breuvage bouillant. Son visage semblait pris de sommeil, telle une fleur qui penche sa corolle épanouie. Comme une fleur précoce et mystérieuse, comme un perce-neige déployant ses trois ailes blanches pour s'envoler dès l'aube de sa brève floraison, elle était éclose enfin. L'éveil de sa virginité épanouie s'accomplissait, semblable à l'extase d'un perce-neige au soleil.

Attentif au suprême degré, le gitan la guettait patiemment comme son ombre.

À la fin, sans rompre le charme, sa voix prononça :

– À présent, voulez-vous venir vous laver les mains dans ma roulotte ?

En cet instant de sa perfection virginale, ses yeux enfantins, hypnotisés, le regardèrent sans le voir. Elle était sensible seulement aux obscurs et étranges effluves qui, émanant de lui, baignaient ses membres, annihilant enfin chez elle toute volonté. Elle sentait en lui une puissance secrète et absolue.

– Oui, je veux bien, dit-elle.

Il se leva silencieusement et se tourna pour donner à la vieille femme un ordre à voix basse. Puis, de nouveau, il regarda Yvette, projetant sur elle tout son pouvoir si bien qu'elle se sentit délivrée du fardeau d'elle-même et de ses propres actes.

– Venez ! dit-il.

Elle le suivit. Avec simplicité, elle obéit à l'impulsion muette, secrète et envoûtante du corps qui la précédait. Cela ne lui coûtait pas. Elle était subjuguée.

Il était en haut des marches, et elle en bas, quand elle perçut un bruit importun. Elle resta immobile, au pied de l'escalier. Une auto approchait. Sans bouger, il regarda autour de lui avec un air étrange. La vieille femme cria quelque chose d'une voix rude, tandis que dans un bruit grandissant l'auto s'avançait rapidement. Elle allait passer. Alors, ils entendirent un cri de femme et le bruit des freins. La voiture s'était arrêtée tout près de la carrière.

Le gitan redescendit les marches après avoir fermé la porte de la roulotte.

– Vous voulez remettre votre chapeau ? lui dit-il.

Docile, elle alla vers l'escabeau, près du feu, et ramassa son chapeau. L'air sombre, il s'assit contre la roue et reprit ses outils. Le choc de son marteau, furieux et précipité à présent comme le bruit d'une minuscule mitrailleuse, se fit entendre à l'instant même où une voix de femme s'écriait :

– Pouvons-nous nous réchauffer les mains près de votre feu ?

Elle s'avançait, vêtue d'un souple mais volumineux manteau de zibeline. Un homme en pardessus bleu la suivait ; il retira ses gants fourrés et sortit une pipe de sa poche.

– Il paraissait si tentant, dit la femme au manteau fait de tant de petites bêtes mortes, en adressant à tous un large sourire mi-condescendant, mi-hésitant.

Personne ne répondit.

Elle s'approcha du feu, frissonnant légèrement malgré son manteau. Ils circulaient dans une voiture ouverte. Elle était très petite, avec un assez grand nez : une Juive probablement. Presque aussi minuscule qu'une enfant, elle semblait bien plus grosse que de nature dans ce manteau de fourrure ; ses grands yeux bruns, quelque peu rancuniers, de Juive gâtée, avaient une expression bizarre dans ce harnachement coûteux.

Elle se blottit près du feu à demi éteint, tendant ses petites mains, sur lesquelles étincelaient des diamants et des émeraudes.

– Brr !… et elle frissonna. Bien sûr, nous n'aurions pas dû venir dans cette voiture découverte ! Mais mon mari ne me permet pas de dire que j'ai froid ! Et elle se tourna vers lui, le regardant de ses grands yeux enfantins et pleins de reproche, qui gardaient encore la prudence rusée d'une Juive bourgeoise : riche sans doute.

Apparemment, elle était amoureuse, à la curieuse manière juive, de ce grand homme blond. Il la regarda à son tour, distraitement, de ses yeux bleus qui semblaient dépourvus de cils, et un léger sourire plissa ses joues lisses, singulièrement glabres. Ce sourire n'avait aucune signification. Il était un de ces hommes chez lesquels, instantanément, on reconnaît une affinité pour les sports d'hiver, les patins et les skis ; d'une force athlétique et sans aucun contact avec la vie, il bourra lentement sa pipe, comprimant le tabac, d'un long doigt ferme et rougi.

La Juive le regarda, attendant sa réponse. Elle n'obtint rien de lui que cet étrange sourire vide. Alors, de nouveau, elle se tourna vers le feu, les sourcils froncés, et contempla ses petites mains blanches étendues devant elle.

Il rejeta son manteau et apparut dans un magnifique chandail à losanges gris, jaunes et noirs, et un pantalon assez ample, de coupe impeccable. Oui, ils étaient tous deux accoutumés au luxe ! Et il avait une magnifique silhouette, un torse bombé d'athlète. En homme habitué à la vie au grand air, il se mit tranquillement à arranger le feu, comme un soldat en campagne.

– Croyez-vous que cela les contrarierait, si nous mettions quelques pommes de pin pour faire une flambée ? demanda-t-il à Yvette en lançant un coup d'œil muet vers le gitan qui martelait toujours.

– Ils en seraient ravis, je pense, répondit-elle, comme hébétée ; l'enchantement se dissipait peu à peu, la laissant vide et désemparée.

L'homme alla vers l'auto et en revint avec un petit sac de pommes de pin, dont il prit une poignée.

– Ça vous est égal si nous faisons une flambée ? demanda-t-il au gitan.

– Hein ?

– Ça vous est égal si nous faisons une flambée avec des pommes de pin ?

– Allez-y ! fut la réponse.

L'homme, légèrement et avec soin, disposa les pommes de pin sur les tisons encore rouges. Et bientôt une à une, elles s'enflammèrent, se consumant, semblables à des roses de feu, en répandant une odeur suave.

– Ah ! que c'est joli ! s'écria la petite Juive les yeux levés de nouveau vers son compagnon. Il la regarda avec une expression de réelle bonté, comme le soleil éclairant la banquise.

– N'aimez-vous pas le feu ? Oh ! je l'adore ! cria-t-elle à Yvette à travers le choc régulier des coups de marteau.

Ce bruit l'agaçait. Elle tourna la tête avec un léger froncement de ses fins sourcils, comme si elle voulait prier l'homme de cesser. Yvette regarda aussi de ce côté. Le gitan était penché sur son bol de cuivre, la tête inclinée, les jambes écartées, son bras souple levé en l'air. Déjà, il paraissait si loin d'elle.

En flânant, le compagnon de la petite Juive alla vers lui, et sa pipe à la bouche, se tint immobile, l'observant en silence. En ce moment, ces deux hommes étaient semblables à deux chiens qui se renifleraient pour faire connaissance.

– Nous sommes en voyage de noces, dit la Juive à Yvette avec un regard espiègle et rancunier à la fois. Elle avait une voix éclatante et provocante pareille au cri d'un geai ou d'un corbeau.

– Vraiment ? répondit la jeune fille.

– Oui, avant d'être mariés ! Avez-vous entendu parler de Simon Fawcett ? – C'était le nom d'un riche ingénieur très connu de la région du Nord. – Eh bien ! je suis Mrs Fawcett et nous sommes en instance de divorce !

Elle regarda Yvette pensivement, une étrange provocation dans les yeux.

– Vraiment ? répéta Yvette.

Elle comprenait à présent l'expression de défi et de ressentiment qui se lisait dans les grands yeux bruns si enfantins de la petite Juive. C'était une honnête petite personne, mais dont l'honnêteté était peut-être par trop rationnelle, ce qui pouvait expliquer, en partie, l'absence de scrupules notoire du fameux Simon Fawcett.

– Oui ! Aussitôt que le divorce aura été prononcé, j'épouse le major Eastwood.

À présent elle avait étalé toutes ses cartes sur la table. Elle ne voulait tromper personne.

Derrière elle, les deux hommes échangeaient

de brefs propos. Elle jeta un coup d'œil vers eux et fixa le gitan de ses grands yeux bruns.

Celui-ci, avec une sorte de timidité, levait les yeux vers le grand gaillard au chandail luxueux, qui, la pipe à la bouche, le regardait d'homme à homme.

– Avec les chevaux, au retour d'Arras, dit le bohémien à voix basse.

Ils parlaient de la guerre. Le gitan avait fait partie des attelages d'artillerie dans le propre régiment du major.

– *Ein schöner Mensch !* [1] dit la Juive. « Bel homme, n'est-ce pas ? »

Pour elle aussi, le gitan était un homme comme un autre.

– Très beau ! répondit Yvette.

– Vous êtes à bicyclette ? demanda la Juive d'un ton surpris.

– Oui, je redescends à Papplewick. Mon père est le recteur de Papplewick. Mr Saywell.

– Oh ! dit la jeune femme, je sais ! Un écrivain talentueux ! très talentueux ! je l'ai lu.

Toutes les pommes de pin s'étaient déjà consumées ; il ne restait plus qu'un grand monceau de roses de feu effritées, réduites en cendres.

1. En allemand dans le texte.

À mesure que l'après-midi s'avançait, le ciel se couvrait. Vers le soir, il neigerait peut-être.

Le major revint et enfila son manteau.

– Je savais bien que je connaissais ce visage ! dit-il. C'était un de nos palefreniers ; il s'occupait des chevaux.

– Écoutez ! s'écria la Juive, s'adressant à Yvette. Pourquoi ne vous raccompagnerions-nous pas en auto jusqu'à Normanton ? Nous habitons Scoresby. On peut attacher la bicyclette derrière la voiture.

– Je crois que je vais accepter, dit Yvette.

– Venez ! cria la Juive aux enfants qui regardaient à la dérobée, tandis que l'homme blond emmenait la bicyclette. Venez voir ! et elle prit un shilling dans sa petite bourse.

– Venez ! insista-t-elle, c'est pour vous !

Le gitan, après avoir posé ses outils, était remonté dans sa roulotte. La vieille femme, de son enclos, appela les enfants d'une voix rauque. Les deux plus grands s'avancèrent furtivement ; la Juive leur donna les deux pièces d'argent qu'elle avait dans sa bourse : un shilling et un florin, et de nouveau la voix rauque de la vieille se fit entendre.

Le gitan redescendit de sa roulotte et se dirigea sans hâte vers le feu. La Juive le dévisagea avec cette hardiesse bourgeoise, propre à sa race.

– Vous avez fait la guerre dans le régiment du major Eastwood ? demanda-t-elle.

– Oui, madame !

– Penser que vous êtes à présent tous les deux ici !... Il va neiger ! Elle regarda le ciel.

– Plus tard, dit l'homme, levant la tête à son tour.

Lui aussi était devenu inaccessible. Sa race, très ancienne, n'avait nullement l'espoir de gagner la lutte très particulière qu'elle soutenait contre la société établie. Seulement, de temps à autre, elle marquait des points.

Mais, depuis la guerre, même l'espoir de gagner de temps en temps était sensiblement étouffé. Il n'était pas question de céder. Le regard du gitan n'avait rien perdu de son audace, mais, tourné vers le lointain, il se durcissait ; le soupçon d'insolente familiarité avait disparu. Il avait vécu la guerre.

Il regarda Yvette.

– Vous repartez dans l'auto ?

– Oui ! répondit-elle avec une certaine affectation. Le temps est si traître !

– Si traître ! répéta-t-il en regardant le ciel.

Elle n'aurait su dire ce qu'il pensait ; à la vérité, cela ne l'intéressait guère. Pour l'instant cette petite Juive, mère de deux enfants, qui reprenait toute son opulence au fameux ingénieur pour l'apporter au major sportif et désargenté, plus jeune qu'elle de cinq ou six ans, exerçait sur elle une certaine fascination. Elle était extrêmement intriguée.

L'homme blond revenait.

– Une cigarette, Charles ! réclama la jeune femme d'une voix plaintive.

Il sortit son étui d'un geste lent et mesuré d'athlète. Une certaine vulnérabilité, en lui, l'incitait à la lenteur, à la prudence, comme s'il s'était blessé au contact des êtres. Il offrit une cigarette à sa femme, puis une à Yvette, et ensuite, très simplement tendit son étui au gitan qui en prit une.

– Merci, monsieur !

Il s'approcha posément du feu, et se pencha pour l'allumer aux tisons encore rouges. Les deux femmes l'observaient.

– Eh bien, au revoir ! dit la Juive avec cette camaraderie dont sont capables les bourgeois. Merci pour le bon feu.

– Le feu est à tout le monde, répondit le gitan.

Le plus jeune des enfants vint vers lui en trottinant.

– Au revoir ! fit Yvette. J'espère pour vous qu'il ne neigera pas.

– Un peu de neige ne nous effraye pas, répondit-il.

– Non ? dit-elle. Je l'aurais cru !

– Non ! répéta-t-il.

Avec un geste de reine, elle rejeta son écharpe sur son épaule et suivit la Juive qui semblait réduite à un manteau de fourrure porté par de toutes petites jambes.

CHAPITRE VII

Les Eastwood, comme elle les appelait, fascinaient quelque peu Yvette. La petite Juive, à présent, n'avait plus que trois mois à attendre pour l'arrêt définitif. Faisant fi des convenances, elle avait loué un petit chalet d'été près des landes, à Scoresby, non loin des montagnes. On était en plein hiver, et elle et le major vivaient dans un isolement relatif, sans même une servante. Il avait donné sa démission de l'armée active et se faisait appeler « M. Eastwood ». En fait, aux yeux du monde, ils étaient déjà M. et Mme Eastwood.

La petite Juive avait trente-six ans et ses enfants avaient tous deux dépassé douze ans. Il était convenu avec son mari qu'elle en aurait la garde, aussitôt qu'elle aurait épousé Eastwood.

Ce couple étrange vivait donc là, la petite Juive, mince et fine, aux grands yeux lourds de ressentiment, à la chevelure noire et bouclée, soigneusement entretenue, une élégante petite créature en son genre ; et l'immense et vigoureux garçon aux yeux pâles et brumeux, descendant certainement d'une vieille et mystérieuse famille danoise. Ils vivaient tous deux dans cette petite maison moderne, voisine des landes et des montagnes, faisant eux-mêmes leur ménage.

C'était un drôle de foyer. Le chalet était loué tout meublé, mais la petite Juive avait apporté les objets auxquels elle tenait le plus. Elle avait un goût bizarre pour le rococo, pour de curieuses armoires contournées, incrustées de nacre, d'écaille, d'ébène, de Dieu sait quoi ; pour d'étranges et hautes chaises gothiques de provenance italienne, recouvertes d'un brocart vert d'eau ; pour des saints étonnants, avec leurs figures vermeilles et leurs vêtements flottants aux couleurs éclatantes ; pour des rangées de fantastiques statuettes en vieux Saxe et en Capo di Monte ; et enfin pour un étrange assortiment de curieuses peintures sur verre, sans doute du début du XIXe siècle ou de la fin du XVIIIe.

Au cours d'une visite furtive, Yvette fut reçue dans cet intérieur extraordinaire et encombré. Tout un système de poêles avait été installé dans le chalet, et chaque coin était chaud, presque brûlant. La Juive, elle-même une minuscule figurine rococo, un tablier sur sa robe à la dernière mode, dressait des tranches de jambon sur un plat, tandis que le major, grand oiseau des neiges, en chandail blanc et pantalon gris, coupait le pain, mélangeait la moutarde, préparait le café et faisait encore tout le reste. Il avait confectionné lui-même le civet de lièvre qui suivit les viandes froides et le caviar.

L'argenterie et la porcelaine étaient d'une réelle valeur, faisant partie de la dot de la femme. Le major but sa bière dans une chope d'argent ; la petite Juive et Yvette prirent du champagne dans d'admirables verres ; le major apporta le café. Ils causèrent. La petite Juive ressentait une brûlante indignation envers son premier mari. Sa moralité était si extrême, qu'elle avait fait d'elle une femme divorcée. Le puissant major, étrange oiseau septentrional, séduisant dans son genre, malgré ses yeux clairs comme dépourvus de cils, éprouvait lui aussi une singulière indignation à l'égard de la vie et de sa morale hypocrite. Dans cette vigoureuse et athlétique poitrine se cachait une fureur étrange, glacée. Et sa tendresse pour la petite Juive se fondait sur un sentiment de justice outragée ; l'abstraite morale nordique, tel un vent inconnu, l'emportait vers son isolement.

L'après-midi s'avançant, ils allèrent à la cuisine ; le major retroussa ses manches, découvrant des bras blancs et musclés, et soigneusement, adroitement, se mit à laver les assiettes que les femmes essuyaient ensuite. Ce n'était pas pour rien qu'il avait entraîné ses muscles. Puis il alla s'occuper des poêles de la maison ; ils ne nécessitaient que quelques moments d'entretien chaque jour. Et, après cela, il fit avancer la petite auto fermée et, sous la pluie, reconduisit Yvette chez elle, la déposant à la porte de derrière, une petite grille perdue dans les mélèzes, et d'où descendaient vers la maison les marches taillées dans la pente.

Ce couple l'ahurissait littéralement.

– Vraiment, Lucile ! dit-elle. Je vois les gens les plus extraordinaires qui soient. Et elle lui en donna une description détaillée.

– Ils m'ont l'air assez sympathiques ! dit Lucile. J'aime ce major qui fait le ménage, tout en gardant son air le plus distingué. J'ai idée que ce sera assez amusant de les connaître quand ils seront mariés.

– Oui ! dit Yvette d'un air vague. Oui, je le crois !

L'étrangeté même de cette liaison entre la minuscule Juive et ce jeune officier athlétique aux yeux clairs, la fit de nouveau penser à son bohémien. Ce souvenir, qui avait été entièrement absent de son esprit, se présenta avec une soudaine et douloureuse acuité.

– Lucile, demanda-t-elle, qu'est-ce donc qui rapproche ainsi les êtres ? Des gens comme les Eastwood, par exemple ? Et Papa et Maman, si terriblement dissemblables ? Et cette gitane chevaline qui m'a dit la bonne aventure, qu'est-ce donc qui la rapproche de cet homme si fin, et si bien fait ?

– Je suppose que c'est ce qu'on appelle le sexe, quoi que cela puisse être.

– Oui, qu'est-ce exactement ? Ce n'est assurément rien de vulgaire, comme peut l'être la sensualité, tu sais, Lucile. Vraiment, non, ce n'est pas ça.

– En effet, je pense que ce n'est pas ça. Du moins, pas forcément, je suppose.

– Parce que, vois-tu, les garçons grossiers, qui donnent à une fille l'impression d'être avilie, ne séduisent personne. Ils ne sont pas du tout attirants. Pourtant, ce sont eux qu'on dit les plus sensuels.

– Je crois, dit Lucile, qu'il y a une sorte de sensualité qui est avilissante, et qu'il en existe une autre, qui ne l'est pas. C'est vraiment affreusement compliqué ! J'ai horreur de ces individus grossiers. Et je ne ressens rien non plus de sexuel – elle appuya sur le mot avec un peu de dégoût – pour les garçons qui ne sont pas vulgaires. Je ne suis peut-être pas du tout sensuelle.

– C'est exactement ça ! approuva Yvette. Peut-être ne le sommes-nous ni l'une ni l'autre. Nous ne possédons peut-être pas vraiment la sensualité nécessaire pour avoir des rapports avec des hommes.

– *Avoir des rapports avec des hommes !* Quelle expression horrible ! s'écria Lucile avec répulsion. Tu n'aurais pas horreur d'avoir ce genre de relation avec un homme ? Oh ! Je pense que c'est grand dommage que le sexe existe ! Ce serait tellement mieux si les hommes et les femmes pouvaient vivre sans se préoccuper de ce genre de choses.

Yvette réfléchisssait. Au plus profond d'elle-même, demeurait l'image du gitan tel qu'il l'avait regardée, quand elle avait dit : « Le temps est si traître. » En le reniant, elle éprouvait un peu le sentiment de Pierre quand le coq avait chanté. Ou plutôt elle ne le désavouait pas ; en tout cas, elle ne se souciait pas du rôle qu'il jouait dans la pièce. C'était une partie secrète d'elle-même qu'elle reniait, cette partie qui, d'une manière mystérieuse et inavouable, subissait l'influence du gitan. Et ce coq, aux plumes noires et lustrées, chantait pour la narguer.

– Oui, dit-elle d'un air rêveur. La sensualité est bien problématique, tu sais, Lucile. Quand on en n'a pas, on a l'impression qu'il faudrait en avoir pour être normale. Et quand on en a – du moins, si l'on en a – précisa-t-elle en relevant la tête et en plissant son nez avec dédain, on déteste ça.

– Oh, je ne sais pas ! Il me semble que j'aimerais bien être passionnément amoureuse.

– C'est ce que tu crois ! répliqua Yvette, plissant à nouveau son petit nez. Mais si cela t'arrivait, ça ne te plairait pas du tout.

– Qu'en sais-tu ?

– Oh, rien du tout, en fait. Mais j'en suis convaincue. Oui, convaincue.

– Oui, c'est très probable, convint Lucile, l'air dégoûté. Et de toute façon, il est certain qu'on cesse un jour d'être épris, et qu'alors tout cela paraît bien écœurant.

– Oui. C'est un problème insoluble, dit Yvette, qui fredonna un petit air.

– Oh, et puis après tout, ce problème ne s'est pas encore posé pour nous. Nous ne sommes jamais tombées véritablement amoureuses, et ne le serons probablement jamais, si bien qu'ainsi, le problème est réglé.

– Je n'en suis pas sûre ! dit sagement Yvette. Mais pas sûre du tout. Je crois qu'un jour, je serai éperdument amoureuse.

– Ça ne t'arrivera probablement jamais, répliqua brutalement Lucile. C'est là ce que s'imaginent tout le temps la plupart des vieilles filles.

Yvette regarda sa sœur pensivement, mais avec une apparente insouciance.

– Vraiment ? dit-elle. Le crois-tu réellement, Lucile ? Que c'est terrible pour elles, les pauvres ! Pourquoi s'en soucient-elles ?

– Pourquoi ? Peut-être au fond ne s'en soucient-elles pas. C'est vraisemblablement parce que les gens disent toujours : « Cette pauvre fille n'a pas pu mettre le grappin sur un homme. »

– C'est sans doute pour ça ! Elles finissent par souffrir des méchancetés que les gens racontent toujours à leur sujet. Quelle honte !

– Quoi qu'il en soit, fit remarquer Lucile, nous, nous nous amusons bien, et nous avons un parterre d'admirateurs aux petits soins pour nous.

– Oui ! dit Yvette. Oui ! Mais il me serait impossible d'épouser aucun d'eux.

– Moi non plus, répondit Lucile. Mais qu'est-ce que cela fait ? Pourquoi nous tracasser au sujet du mariage, quand nous menons une vie parfaitement amusante avec ces garçons qui sont de très braves types, et absolument chics et convenables avec nous, il faut le reconnaître, Yvette.

– Oh ! pour cela, oui ! dit Yvette distraitement.

– Je pense qu'il est temps de penser au mariage quand on s'aperçoit qu'on ne s'amuse vraiment plus du tout. Alors il faut se marier pour s'établir.

– Exactement ! dit Yvette.

Mais à présent, tout en le dissimulant sous une suave amabilité, elle ressentait de l'agacement à l'égard de sa sœur. Elle avait soudain envie de lui tourner le dos.

D'ailleurs, il n'y avait qu'à voir les cernes sous les beaux yeux languissants de cette pauvre Lucile. Ah ! Si seulement un homme convenable, gentil et rassurant, voulait l'épouser, et que Lucile y consentît !

Yvette ne parla des Eastwood ni au recteur, ni à grand-mère ; cela n'aurait servi qu'à susciter des commentaires, ce qu'elle détestait. Intérieurement, le recteur lui-même n'y aurait pas attaché d'importance. Mais lui aussi savait la nécessité de se tenir aussi éloigné que possible de cette hydre empoisonnée, la langue des gens.

– Mais il n'est absolument pas question que vous veniez à l'insu de votre père, se récriait la petite Juive.

– Je pense qu'il faudra bien que je lui en parle, dit Yvette. Mais s'il l'apprend, il se croira obligé de me blâmer, sans doute.

Le jeune officier la regardait avec, dans ses yeux perçants d'oiseau, une expression bizarrement amusée. Lui aussi était bien près de s'éprendre d'Yvette. Il se sentait attiré vers elle, par sa douceur virginale si particulière, et par cette vague indifférence qu'elle éprouvait pour toutes choses.

Elle se rendait compte de ce qui se passait, et en était assez flattée. Eastwood exaltait son imagination. C'était curieux de voir ce jeune et élégant officier, d'un calme stupéfiant au volant de son auto, ce champion de natation, laver tranquillement les assiettes en fumant sa pipe, expédiant sa besogne avec adresse et rapidité. Ou alors, dans la cuisine du chalet, confectionnant un civet de lièvre avec la même sollicitude attentive qu'il mettait à explorer les mystérieuses profondeurs de son automobile. Puis il sortait par une température glaciale et entreprenait de nettoyer sa voiture jusqu'à lui donner l'aspect d'une chose vivante, semblable à un chat qui vient de faire sa toilette. Il rentrait ensuite causer avec la petite Juive, brièvement, mais avec tant de simplicité et de compréhension. Et en apparence, il ne s'ennuyait jamais. Les jours de mauvais temps, assis près de la fenêtre à fumer sa pipe, il demeurait silencieux pendant des heures, absorbé, méditatif, son corps athlétique restant sur le qui-vive sous cette tranquillité apparente.

Yvette ne flirtait pas avec lui. Mais il lui plaisait vraiment.

– Mais votre avenir ? lui demanda-t-elle.

– Que voulez-vous dire ? répondit-il en retirant sa pipe de sa bouche, l'ébauche d'un sourire ironique dans ses yeux d'oiseau.

– Votre carrière ! Est-ce que tout homme ne doit pas se tailler une place dans la société ? Comme on découperait une grosse oie ?

Elle le regarda dans les yeux avec une naïveté bizarre.

– Je me sens parfaitement satisfait aujourd'hui et je le serai demain, dit-il d'un air froid et décidé. Pourquoi mon avenir ne serait-il pas fait de continuels demains ?

Impassible, il la contemplait d'un regard scrutateur.

– Certes ! dit-elle, j'ai horreur du travail et de tout cet aspect de l'existence. Mais elle songeait à la fortune de la Juive.

À cela il ne répondit pas. Sa colère imprécise et glaciale était de celles qui emmitouflent confortablement l'esprit.

Ils en étaient arrivés à discuter ensemble avec philosophie. La petite Juive semblait un peu pâle. Elle était singulièrement naïve, et son attitude envers l'homme n'avait rien de possessif. Elle n'avait rien non plus d'agressif envers Yvette. Elle semblait simplement lasse et sans voix.

Prise d'une soudaine impulsion, Yvette pensa qu'elle ferait mieux de se disculper.

– Je pense que la vie est terriblement compliquée, dit-elle.

– Oui, certes ! s'écria la Juive.

– Ce qui est si dégoûtant, c'est d'être censée tomber amoureuse, puis se marier ! dit Yvette en fronçant son petit nez.

– Vous n'avez donc pas envie de vous éprendre de quelqu'un et de l'épouser ? s'écria la Juive, ses grands yeux brillant d'étonnement et de blâme.

– Non, pas particulièrement ! D'autant moins que je sens qu'il n'y a pas autre chose à faire. C'est une souricière dans laquelle il faut se précipiter.

– Mais vous ne savez pas ce que c'est que l'amour ?

– Non, dit Yvette. Et vous ?

– Moi ! gémit bruyamment la minuscule Juive. Moi ! Grand-Dieu ! Ne le sais-je pas ! Avec une pensive mélancolie, elle regarda Eastwood qui fumait sa pipe, un sourire d'amusement sur son visage paisible et honnête. Il avait une peau lisse et très fine, qui n'avait pas encore souffert des intempéries, si bien que son visage semblait nu, comme celui d'un enfant. Mais il manquait de rondeur, possédant assez de caractère, avec d'étranges et ironiques fossettes, comme celles d'un masque comique mais figé.

– Voulez-vous dire que vous ne savez pas ce que c'est que l'amour ? insista la Juive.

– Oui ! avoua Yvette avec une insouciance candide, je crois que je l'ignore ! Est-ce terrible, à mon âge ?

– Est-ce qu'aucun homme ne vous donne l'impression d'être très, très différente ? dit la Juive en lançant un nouveau regard vers Eastwood, qui fumait d'un air parfaitement détaché.

– Non, je ne pense pas, dit Yvette, à moins que, oui, à moins que ce gitan…

Elle penchait la tête d'un air pensif.

– Quel gitan ? s'écria la petite Juive.

– Celui qui a été soldat, et qui s'occupait des chevaux dans le régiment du major Eastwood pendant la guerre, répondit calmement Yvette.

Stupéfaite, la petite Juive la contemplait en ouvrant de grands yeux.

– Vous n'êtes pas amoureuse de ce bohémien ?

– Ah ! dit Yvette, je ne sais pas. Mais il est le seul avec lequel je me sente… différente ! Vraiment, il est le seul !

– Mais, comment cela ? Comment ? Vous a-t-il jamais dit quelque chose ?

– Non, non !

– Alors, comment ? Qu'a-t-il fait ?

– Oh ! il m'a regardée, simplement.

– Comment ?

– Eh bien ! voyez-vous, je ne sais pas. Mais c'était différent ! oui si différent de la manière dont aucun homme m'avait jamais regardée.

– Mais comment vous regardait-il ? insista la Juive.

– Eh bien, comme si réellement, mais là, réellement, il me désirait, dit Yvette, son visage méditatif semblable à une fleur prête à éclore.

– Quel homme grossier ! De quel droit vous regardait-il ainsi ? s'écria la Juive indignée.

– Le chat peut contempler le Roi ! interrompit le major avec calme, et sur son visage se dessina un sourire félin.

– Vous pensez qu'il n'aurait pas dû ? demanda Yvette, se tournant vers lui.

– Certainement pas ! Un romanichel qui traîne après lui une demi-douzaine de femmes crasseuses ! Certainement pas ! protesta la minuscule Juive.

– Je me le demandais, dit Yvette. Parce que vraiment c'était merveilleux ! Et c'était dans ma vie quelque chose de tout à fait différent.

– Je pense, dit le major, retirant sa pipe de sa bouche, que le désir est la chose la plus merveilleuse qui soit au monde. Tout être qui le ressent véritablement est un roi, et je n'envie personne d'autre ! Il reprit sa pipe.

Abasourdie, la Juive le regardait.

– Mais Charles ! s'écria-t-elle, n'importe quel homme d'Halifax, vulgaire et commun, peut éprouver la même chose !

De nouveau il retira sa pipe.

– Ce n'est que de l'appétit, répondit-il.

Et il reprit sa pipe.

– Vous croyez que chez le gitan, c'était vraiment du désir ? lui demanda Yvette.

Il haussa les épaules.

– Cela ne me regarde pas, répliqua-t-il. Si j'étais à votre place, je le saurais, je n'interrogerais pas les autres.

– Oui, mais… dit lentement Yvette.

– Charles ! Vous faites erreur. Comment pouvez-vous envisager cela ? Comme si c'était possible qu'elle l'épouse et qu'elle aille courir les chemins en roulotte !

– Je n'ai pas parlé de mariage ! répliqua Charles.

– Alors une liaison ? Mais c'est monstrueux ! Quelle opinion aurait-elle d'elle-même ! Ce n'est pas de l'amour, cela ! C'est… c'est de la prostitution !

Charles fuma pendant quelques instants.

– Ce gitan était l'homme le plus compétent que nous ayons eu en matière de chevaux. Il a bien failli mourir d'une pneumonie. D'ailleurs, je le croyais mort. Pour moi, c'est une résurrection.

Il est vrai que je suis moi-même un ressuscité, pour ainsi dire, ajouta-t-il en regardant Yvette. Je suis resté vingt-quatre heures sous la neige. Et je ne m'en portais pas plus mal quand on m'a déterré.

Il y eut un silence glacial.

– La vie est horrible ! s'exclama Yvette.

– Ils m'ont déterré par hasard, dit-il.

– Oh ! prononça lentement Yvette. C'était peut-être le destin, vous savez.

À cela, il ne donna aucune réponse.

CHAPITRE VIII

LE RECTEUR EUT VENT de l'intimité des Eastwood avec Yvette et celle-ci fut passablement effrayée du résultat. Elle croyait qu'il n'y attacherait pas d'importance. En paroles, sous sa prétendue gaieté, il paraissait si large d'esprit, si bon garçon. Comme il le disait lui-même, il était un anarchiste conservateur ; ce qui signifiait que, comme une grande quantité de gens, il n'était qu'un simple sceptique. L'anarchie se manifestait dans sa conversation pleine d'humour et ses secrètes pensées. L'esprit conservateur, fondé sur une terreur mitigée de l'anarchie, contrôlait ses moindres gestes. Il avait tout lieu d'être épouvanté par ses pensées intimes. En conséquence, dans la vie quotidienne, il éprouvait une frayeur excessive de tout ce qui sortait des conventions.

Quand son esprit conservateur et sa terreur abjecte le dominaient, sa lèvre se retroussait, découvrant un peu ses dents, dans un rictus de dogue.

– J'apprends que tes derniers amis en date sont Mrs Fawcett, cette demi-divorcée, et ce *maquereau* [1] d'Eastwood, dit-il à Yvette.

Ce mot lui était inconnu, mais elle perçut le fiel dans le ton du recteur.

– Je viens à peine de faire leur connaissance, dit-elle. Ils sont charmants, en vérité. Et ils doivent se marier dans un mois environ.

Le recteur contempla haineusement le visage insouciant de sa fille. Dans son for intérieur, il était plein de lâcheté, il était né lâche. Et ceux qui viennent au monde ainsi ont l'âme d'un esclave ; par un instinct profond, ils éprouvent une terreur morbide de ceux qui pourraient soudain river la chaîne autour de leur cou.

C'était pour cette raison que le recteur, devant Celle-qui-fut-Cynthia, s'était effondré de si abjecte manière ; à cause de l'effroi que lui inspirait son mépris, le mépris d'une nature éprise de liberté pour une âme servile.

Yvette était, elle aussi, éprise de liberté. Elle aussi, un jour, le devinerait, et l'éclabousserait de son mépris.

---

1. En français dans le texte.

Mais y parviendrait-elle ? Cette fois, il lutterait d'abord jusqu'à la mort. Son âme d'esclave était acculée, et il se sentait le courage d'un rat aux abois.

– Je suppose que vous êtes faits pour vous entendre ? ricana-t-il.

– Eh bien, oui, vraiment, dit-elle avec son enjouement indéfinissable. Je les aime vraiment beaucoup. Ils paraissent si sérieux, vous savez, si honnêtes.

– Tu possèdes une singulière notion de l'honnêteté ! Un jeune profiteur, qui enlève une femme plus âgée que lui pour se faire entretenir ! Une femme qui abandonne son foyer et ses enfants ! Je ne sais de qui tu tiens ta conception de l'honnêteté. Pas de moi, j'espère. Et tu m'as l'air de fort bien les connaître, pour des gens que tu viens à peine de rencontrer ! Comment as-tu fait leur connaissance ?

– En me promenant à bicyclette. Ils sont passés en auto, et nous nous sommes mis à causer. Pour qu'il n'y eût pas de malentendu, elle m'a immédiatement dit qui elle était. Elle est loyale, vraiment.

Pauvre Yvette ! Elle s'efforçait de ne pas perdre contenance.

– Et combien de fois les as-tu vus, depuis lors ?

– Oh ! J'y suis allée deux fois seulement.

– Où es-tu allée ?

– À leur chalet, à Scoresby.

Il la regarda avec haine, comme prêt à la tuer. Et il recula jusqu'à la fenêtre de son bureau, comme un rat pris au piège. Dans un recoin de son cerveau, il attribuait à sa fille d'inavouables dépravations, telles qu'il s'en était imaginé à propos de Celle-qui-fut-Cynthia. Contre les pires insinuations de son esprit, il était impuissant. Et ces perversions, dont il accusait sa fille terrifiée mais encore indomptée, le faisaient frémir, mettant soudain à nu toute la bassesse de son beau visage.

– Alors tu les connais à peine ? Je vois que tu as le mensonge dans le sang. Je ne crois pas que ce soit de moi que tu tiennes cela.

Silencieuse, Yvette détourna son visage à demi, se souvenant de l'impudent mensonge de grand-mère. Elle ne répondit pas.

– Qu'est-ce qui te pousse à aller rôder autour de pareils couples ? dit-il, méprisant. N'y a-t-il pas assez de gens convenables à fréquenter ? On te prendrait pour une chienne errante, obligée d'aller courir après des gens inconvenants, parce que les autres ne veulent pas de toi. Y a-t-il chez toi quelque chose de pire encore que la fausseté ?

– Que voulez-vous dire ? demanda-t-elle. Un froid mortel l'envahissait. Était-elle une anormale, une de ces demi-folles ? Elle se sentait glacée, anéantie.

Dans l'esprit de son père, elle étalait enfin impudemment le vice qui se cachait sous son visage de colombe, délicat et virginal. Celle-qui-fut-Cynthia était ainsi. Un lis immaculé. Et il tressaillait d'une horreur perverse en songeant à ce que devait être la dépravation de cette femme. L'amour même qu'il avait éprouvé pour elle, amour sensuel d'un être vil, lui avait paru secrètement obscène. Que pouvait être, alors, un amour illégitime ?

– Tu connais mieux toi-même ta propre nature, persifla-t-il. Mais tu feras bien de la mater, et le plus tôt possible, si tu ne veux pas finir tes jours dans un asile de fous criminels.

– Quoi, dit-elle, pâle et médusée, comme paralysée de terreur. Pourquoi un asile de fous ? Qu'ai-je fait ?

– Cela c'est entre toi et ton Créateur, je ne te le demanderai jamais. Mais certaines tendances, à moins d'être domptées à temps, conduisent à la démence.

– Voulez-vous dire que de voir les Eastwood est une tendance de ce genre ? demanda Yvette après un silence.

– Veux-je dire par là, fourrer ton nez dans les affaires de gens tels que Mrs Fawcett, cette Juive, et l'ex-major Eastwood, cet homme qui a enlevé une femme pour son argent ? Oui, certainement.

– Mais vous ne devez pas dire cela, s'écria Yvette. C'est un homme si simple, si droit.

– Ton type d'homme, apparemment.

– Eh bien ! En un sens, je le croyais. Je pensais qu'il vous plairait aussi, ajouta-t-elle ingénument, sachant à peine ce qu'elle disait.

Le recteur recula vers les rideaux, comme si la jeune fille l'avait menacé d'une chose effroyable.

– N'en dis pas davantage, gronda-t-il abjectement. N'en dis pas davantage. Tu en as assez dit pour prouver ta culpabilité. Je ne veux pas apprendre d'autres abominations.

– Mais quelles abominations ? persista-t-elle.

La naïveté même de son amoralité l'écœurait, le rendait plus lâche encore.

– N'en dis pas plus, répéta-t-il d'une voix basse et sifflante. Mais je te tuerai plutôt que de te voir suivre les traces de ta mère.

Elle le regarda, adossé aux rideaux de velours de son bureau, sa face blême, ses yeux, comme ceux d'un rat, égarés par la terreur, la rage et la haine, et elle fut envahie par une affreuse sensation de solitude. Pour elle non plus, rien ne semblait plus avoir de sens.

Le silence glacé et stérile qui s'ensuivit était difficile à rompre. À la fin, cependant, elle leva les yeux vers lui. Et malgré elle, à son insu, le mépris qu'elle ressentait se lisait dans son regard d'enfant, étonné et limpide. Ce regard méprisant rivait définitivement le collier d'esclave au cou de son père.

– Vous voulez donc que je ne voie plus les Eastwood ? demanda-t-elle.

– Tu peux les voir si tu le désires. Mais alors, tu devras t'attendre à n'avoir plus aucun rapport avec ta grand-mère, tante Cissie et Lucile. Je ne veux pas qu'elles soient elles aussi contaminées. Ta grand-mère a été une épouse fidèle et une mère parfaite s'il en fut. Elle a déjà eu à endurer une terrible humiliation. Elle ne sera plus jamais exposée à en subir d'autres.

Yvette entendait tout cela comme à travers un brouillard.

– Je peux leur envoyer un mot pour dire que vous désapprouvez mes visites, dit-elle faiblement.

– Fais ce qu'il te plaît. Mais souviens-toi que tu dois choisir entre des gens propres, le respect dû à la vieillesse irréprochable de ta grand-mère, et des êtres souillés dans leur esprit et dans leur corps.

De nouveau, il y eut un silence. Alors elle le regarda, et son visage exprimait surtout l'incertitude. Mais derrière sa perplexité, on sentait ce froid et virginal mépris si spécial, d'une nature fière pour une âme servile. Lui et tous les Saywell étaient vils par essence.

– Très bien, dit-elle encore, je vais écrire pour leur faire part de votre désapprobation.

Il ne répondit pas. Il se sentait un peu flatté, secrètement triomphant, mais d'une manière abjecte.

– J'ai essayé de le cacher à votre grand-mère et à tante Cissie, dit-il. Il est inutile de rendre publique cette amitié, puisque tu désirais qu'elle fût clandestine.

Il y eut un sombre silence.

– Bien, dit-elle, je vais leur écrire.

Et elle se glissa hors de la pièce.

Elle adressa son petit mot à Mrs Eastwood : « Chère Mrs Eastwood, papa n'approuve pas mes visites chez vous. Vous comprendrez donc qu'il nous faut rompre nos relations. J'en suis terriblement désolée. »

C'était tout.

Cependant, quand elle eut mit sa lettre à la poste, elle ressentit un vide cruel. À présent, ses pensées mêmes l'effrayaient. Elle voulait se blottir contre le torse élancé du bohémien. Elle voulait qu'il la prenne dans ses bras, ne fût-ce qu'une fois, qu'une seule ; qu'il la réconforte et la rassure, lui fasse oublier ce père qui n'éprouvait envers elle que terreur et répulsion.

Et en même temps, elle frémissait au point qu'elle pouvait à peine se mouvoir, tant elle craignait que cette pensée ne fût obscène, coupable et démente. Cette hantise la harcelait ; elle s'attachait à ses pas, la peur, la peur glacée des êtres serviles, de son père, de tout ce qui grouille dans l'humanité. Telle une immense fondrière, le genre humain l'engloutissait, et elle s'effondrait, les genoux rompus, saisie de dégoût et d'horreur pour tous ceux qu'elle rencontrait.

Elle s'adapta cependant assez vite à sa nouvelle conception des êtres. Il fallait bien vivre. Il est vain de chercher querelle à son pain quotidien. Et puéril d'attendre trop de la vie. Ainsi, avec cette rapide faculté d'adaptation que possède la génération d'après-guerre, elle se fit à ce nouvel état de choses. Son père était ainsi fait. Il se soucierait toujours, avant tout, des apparences. Elle agirait de même, elle aussi.

Si bien que, sous son insouciance légère et enjouée, grandit en elle une certaine âpreté, comme une roche se cristallisant dans son cœur. Dans l'écroulement de ses amitiés, elle perdit ses illusions. Extérieurement, elle semblait la même. Intérieurement, elle était insensible, indifférente à tout, et, à son insu, animée d'un esprit de vengeance.

En apparence, elle n'avait pas changé. Cela faisait partie du jeu... Tant que les circonstances restaient les mêmes, il fallait qu'elle demeurât conforme, extérieurement du moins, à l'image qu'on attendait d'elle.

Mais son esprit vindicatif se manifestait dans sa nouvelle vision des êtres. Sous la façade de beauté et de noblesse du recteur, elle discernait la faiblesse, la mesquinerie. Et elle le méprisait. Cependant, en un sens, elle l'aimait aussi. Les sentiments sont si complexes.

Ce fut grand-mère qu'elle se mit à détester de toute son âme. Cette vieille femme obèse, trônant là, dans sa cécité, pareille à un énorme champignon rouge et pustuleux, le cou engoncé entre des épaules grasses et un double menton flasque lui donnant l'allure d'une pomme de terre jumelée, Yvette la haïssait du fond du cœur, de cette haine pure et sans mélange qui devient presque de l'allégresse. Haine si aiguë que, quand elle la ressentait avec force, Yvette en jouissait positivement.

La vieille dame était assise, sa grosse figure rougeaude un peu renversée, son bonnet de dentelle juché sur ses cheveux blancs clairsemés, son nez camus affirmant encore son autorité, et sa bouche flétrie, fermée comme une souricière. Sa bouche la trahissait, cette vieille dame si maternelle ! Elle avait toujours été pincée. Mais avec l'âge, elle était devenue pareille à celle d'un crapaud, sans lèvres, la mâchoire proéminente comme celle d'un piège. Ce qu'Yvette détestait le plus était la vue de cette mâchoire inférieure avançant sans merci, d'un mouvement sénile, si bien qu'à son tour le nez camus était contraint de se relever, et le visage tout entier était rejeté un peu en arrière sous le grand front. La volonté de cette vieille femme, cette volonté sénile, animale, était terrible à voir une fois qu'on l'avait discernée : une obstination de brute, d'athée, qui n'avait rien d'humain. Elle évoquait l'ancienne et patiente race des crapauds ou des tortues. Et cela vous donnait l'impression que grand-mère ne mourrait jamais. Elle continuerait d'exister, semblable à ces reptiles, dans un état semi-comateux, indéfiniment.

Yvette n'osait pas même insinuer à son père que grand-mère n'était pas parfaite. Il aurait menacé sa fille de l'asile d'aliénés. C'était là la menace qu'il tenait constamment en réserve : l'asile de fous. Comme si l'aversion que lui inspiraient grand-mère et cette affreuse famille impliquait qu'elle fût folle à lier.

Cependant, dans un de ses moments d'abattement, elle osa lancer :

– Que cette maison est odieuse ! Tante Lucy arrive, puis tante Nell, puis tante Alice, et avec grand-mère et tante Cissie, elles forment un cercle, comme des vieilles corneilles ; elles retroussent leurs jupes et se chauffent les jambes devant le feu, m'écartant ainsi que Lucile. Nous ne sommes que des intruses dans cette sale maison !

Son père la regarda curieusement. Mais elle s'était arrangée pour mettre dans cette phrase une certaine pétulance et dans son regard de la simple mauvaise humeur, si bien qu'il put en rire comme d'une boutade d'enfant. Cependant, quelque part en lui-même, il savait qu'elle cachait sous ces paroles une sincérité froidement haineuse, et il se tenait sur ses gardes.

La vie d'Yvette n'était plus qu'une lutte irritante contre la nauséabonde maisonnée Saywell, dont elle partageait le quotidien. Elle exécrait la cure, d'une aversion qui consumait ses forces, aversion si violente qu'elle ne pouvait s'éloigner. Tant que durerait cette bâtisse, comme par réaction, elle s'y sentirait enchaînée.

Elle oublia de nouveau les Eastwood. Après tout, qu'était la révolte de la petite Juive, comparée à grand-mère et à la bande Saywell ! Un mari n'était jamais davantage qu'un élément plus ou moins occasionnel ! Mais une famille ! une horrible, une malodorante famille, qui jamais ne se disperserait, se collant à moitié mourante autour du piédestal d'une vieille femme aux chairs putréfiées ! Comment lutter contre cela ?

Elle n'oubliait pas complètement le gitan. Mais elle n'avait pas le temps de songer à lui. Elle qui s'ennuyait à en périr, qui n'avait absolument rien à faire, n'avait pas le temps de penser sérieusement à quoi que ce fût. Le temps n'étant, après tout, que le cours d'une vie qui s'écoule.

Elle vit le gitan deux fois. Un jour, il vint à la maison avec des objets à vendre. Et Yvette, l'observant de la fenêtre du palier, refusa de descendre. À son tour, il la vit, tandis qu'il remettait ses affaires dans sa carriole. Mais lui aussi resta impassible. Fils d'une race qui n'existe qu'en marge de notre société, à jamais hostile et ne vivant que de rapines, il était trop maître de lui-même et trop avisé pour s'exposer ouvertement aux implacables griffes de notre loi. Il avait fait la guerre. Cette fois-là, en dépit de sa volonté, il avait été réduit en esclavage.

Ainsi donc, il se montra à la cure, et puis, devant la grille blanche, s'occupa de sa carriole, lentement, paisiblement ; avec cet air taciturne et à jamais inflexible qui lui donnait cette grâce de solitaire et de vagabond. Il savait qu'elle le regardait. Et il fallait qu'elle le vît ainsi, imperturbable, colportant tranquillement ses ustensiles de cuivre, au long de cet interminable sentier de la guerre, en lutte contre des êtres pareils à elle-même.

Pareils à elle ? Il se trompait peut-être. Son cœur, désormais, à coups aussi rudes que ceux du marteau sur le cuivre, se débattait contre la destinée. Mais le gitan, furtivement, sapait de l'extérieur la barrière des règles établies, et elle, plus secrètement encore, de l'intérieur. Il lui plaisait. Elle aimait sa présence silencieuse, paisible, si nette… Elle aimait en lui sa mystérieuse ténacité, qui sans jamais espérer la victoire, continuait à lutter. Et elle aimait enfin cette singulière intransigeance, jointe à cette hostilité désabusée inhérente à l'après-guerre. Oui, si elle appartenait à un clan, c'était au sien. Dans son cœur elle trouvait presque le courage d'aller vivre avec lui, devenant ainsi une bohémienne, une paria.

Mais elle était venue au monde de l'autre côté de la barrière. Et elle jouissait du confort et d'un certain prestige, que même la fille d'un simple recteur pouvait inspirer. Et cela lui était agréable. Mais elle aimait aussi écorner les piliers du temple. Elle voulait profiter de la sécurité que ce toit lui offrait. Et cependant cela l'amusait de briser quelques fragments des colonnes qui le soutenaient. Sans doute, avant que Samson les fît écrouler, les piliers du temple philistin avaient été ainsi tailladés.

– Je pense qu'il faudrait s'en donner à cœur joie jusqu'à vingt-six ans, puis se soumettre au mariage !

Telle était la philosophie que Lucile avait apprise de femmes plus âgées. Yvette ayant vingt et un ans, cela signifiait donc qu'il lui restait cinq ans pour mordre dans la vie à belles dents. Cette soif, ce désir de vivre, c'était le gitan qui les représentait. Le mariage, à vingt-six ans, prenait les traits de Léo ou de Gerry.

Ainsi donc, une femme pouvait manger d'abord son dessert et obtenir ensuite sa tartine de pain.

Yvette, plongée dans une lutte écœurante et sans issue contre la famille Saywell, se sentait très vieille et pleine d'expérience, avec cette sagesse et cette maturité des jeunes, qui dépassent celles des vieillards.

La seconde fois, ce fut par hasard qu'elle rencontra le gitan. On était en mars et le temps, après des pluies diluviennes, était radieux. Dans les haies, parmi les rochers, les chélidoines et les primevères jaunissaient. Mais sous le ciel d'un bleu métallique, parvenait toujours, des aciéries lointaines, cette odeur de soufre.

Et pourtant c'était le printemps !

Yvette, sur sa bicyclette, roulait lentement, au-delà des carrières de chaux, quand elle vit le gitan sortant d'une des chaumières. Chargé de ses balais et de ses cuivres, il regagnait sa carriole, qui l'attendait sur la route.

Elle descendit de bicyclette. À le voir ainsi, elle éprouvait une tendresse singulière pour les lignes pures de son corps moulé dans le jersey vert, pour les contours de son visage silencieux. Elle sentit qu'elle le connaissait mieux qu'aucun être au monde, mieux que Lucile elle-même, et qu'en quelque sorte elle lui appartenait pour toujours.

– Avez-vous fabriqué quelque chose de nouveau et de joli ? demanda-t-elle ingénument en regardant ses objets de cuivre.

– Je ne crois pas, répondit-il en lui jetant un coup d'œil.

Le désir qu'il avait d'elle, aigu et si manifeste, se lisait toujours dans ses yeux. Mais il était plus distant, moins impudent. On y voyait une infime lueur, comme s'il était prêt à la haïr. Mais elle disparut, tandis qu'il la regardait examiner ses cuivres rouges et jaunes. Elle les passa en revue avec attention.

Elle choisit un petit plat ovale sur lequel était gravé un étrange palmier.

– J'aime celui-ci, dit-elle. Combien en demandez-vous ?

– Ce que vous voudrez, répondit-il.

Cette réponse la rendit nerveuse : il semblait lointain, presque railleur.

– J'aimerais mieux que vous en fixiez le prix, insista-t-elle, levant les yeux vers lui.

– Donnez-moi ce que vous voudrez.

– Non ! dit-elle d'un ton brusque. Je ne le prendrai pas si vous ne m'en dites pas le prix.

– Très bien, alors. Deux shillings.

Elle lui donna une demi-couronne et, sortant de sa poche une poignée d'argent, il lui remit un shilling.

– La vieille gitane a rêvé de vous, dit-il, lui jetant un regard étrange et pénétrant.

– Vraiment ! s'écria Yvette, intéressée aussitôt. À quel sujet ?

– Elle a dit : « Affermis ton cœur car sinon tu perdras ! » Elle s'est servie de ces termes exacts. « Affermis ton corps car sinon ta chance s'en ira ! » Et elle a ajouté : « Écoute la voix des eaux ! »

Yvette fut très impressionnée.

– Et qu'est-ce que cela veut dire ? s'enquit-elle.

– Je le lui ai demandé. Elle a répondu qu'elle n'en savait rien.

– Répétez-moi encore ce qu'elle a dit.

– « Affermis ton corps, car sinon ta chance s'en ira ! » Et : « Sois attentive à la voix des eaux ! »

Silencieux, il contemplait le visage délicat, méditatif, de la jeune fille. On eût dit qu'un souffle parfumé montait vers lui de la jeune poitrine, les unissant délicieusement.

– Il faut que j'affermisse mon corps et que j'écoute la voix des eaux ! Très bien ! dit-elle. Je ne comprends pas, mais cela viendra peut-être.

Elle posa sur lui son regard limpide. Homme ou femme, l'être humain est fait de multiples facettes. Une partie d'elle-même aimait le gitan l'autre l'ignorait, voire lui était hostile.

– Vous ne viendrez plus au Sommet ? demanda-t-il.

De nouveau elle le regarda distraitement.

– Peut-être irai-je, dit-elle. Un jour ou l'autre.

– Le printemps vient ! dit-il, souriant à demi en se tournant vers le soleil. Bientôt nous plierons bagages et partirons d'ici.

– Quand ?

– La semaine prochaine, sans doute.

– Pour où ?

De nouveau, il fit un geste de la tête :

– Peut-être vers le nord.

Elle le regarda.

– Très bien ! dit-elle. Peut-être irai-je là-haut, avant votre départ, pour dire adieu à votre femme et à la vieille gitane qui m'a envoyé ce message.

CHAPITRE IX

YVETTE NE TINT PAS sa promesse. Ces journées de mars étaient exquises et elle les laissait fuir. Elle éprouvait toujours une curieuse répugnance à prendre d'elle-même une décision, désirant que quelqu'un agît à sa place comme si elle ne voulait pas mener son propre jeu.

Sa vie n'avait pas changé. Elle allait voir ses amies, sortait dans le monde, et dansait avec Léo, qui n'avait rien perdu de sa confiance. Elle voulait aller dire adieu aux gitans. Elle le voulait. Et rien ne s'y opposait.

Ce vendredi après-midi, elle le désirait plus particulièrement. Il faisait un temps radieux, et le long de l'avenue, les crocus tardifs dans lesquels s'affairaient les premières abeilles, flamboyaient en plein épanouissement. La Papple, grossie de manière inquiétante, s'engouffrait sous le pont de pierre, atteignant presque le haut des arches. La senteur d'un mézéréon flottait dans l'air.

Et elle se sentait si indolente, si paresseuse ! Elle erra dans le jardin, au bord de la rivière, rêveuse, dans l'attente de quelque chose. Elle resterait dehors tant que dureraient les rayons de ce soleil printanier. Dans la maison, grand-mère, pareille à un horrible vieux prélat, dans sa volumineuse soie noire et dans son bonnet de dentelle blanche, se chauffait les pieds, assise près de la cheminée, écoutant ce que lui racontait tante Nell. Le vendredi était le jour de tante Nell. Elle arrivait généralement pour le déjeuner et s'en allait après un thé servi un peu plus tôt que de coutume. Ainsi la mère et la fille, veuve d'une quarantaine d'années, lourde et plutôt quelconque, potinaient auprès du feu. Tante Cissie rôdait çà et là. Le recteur allait en ville ce jour-là, et la servante avait congé l'après-midi.

Yvette était assise sur un banc de bois surplombant de quelques pieds seulement la berge de la rivière, qui formait des remous étranges et fantastiques. Les crocus se fanaient dans les massifs, le gazon fraîchement tondu était d'un vert sombre, les lauriers semblaient plus éclatants. Tante Cissie apparut sous le porche et lui demanda si elle voulait de ce thé servi avant l'heure. Le bruit de la rivière était tel qu'Yvette ne put entendre ce que disait tante Cissie, mais elle le devina et secoua la tête. Prendre le thé à la maison, quand le soleil brillait ainsi ? Non, merci ! Alors qu'elle rêvassait, assise au soleil, la pensée de son gitan s'empara d'elle. Son esprit avait l'habitude mi-douloureuse, mi-agréable de s'évader pour vagabonder vers un lieu, vers un être qui avait frappé son imagination. Certains jours, elle était ainsi chez les Framley, bien qu'en réalité elle ne les approchât pas ; d'autres fois, son esprit ne quittait pas les Eastwood. Aujourd'hui c'était le tour des bohémiens. Elle était dans la carrière, auprès de leur camp. Elle voyait l'homme marteler le cuivre, puis lever la tête pour regarder la route : les enfants jouaient sous l'abri du cheval ; l'épouse du gitan et l'autre femme, âgée mais vigoureuse encore, rentraient avec leurs fardeaux, accompagnées du vieillard. Cet après-midi-là, elle sentit intensément que tout cela, pour elle, représentait le foyer : le campement, le feu, l'escabeau, l'homme au marteau, la vieille femme.

Cet irrésistible désir de se trouver dans un lieu qu'elle connaissait, auprès d'un être qui pour elle personnifiait le foyer, était indissociable de sa nature. Ce jour-là, c'était le campement des bohémiens, et l'homme au tricot vert. Être près de lui, voilà le bonheur. Les roulottes, les gamins, les femmes : tout lui semblait naturel, comme si elle avait toujours vécu là. Elle se demandait s'il pensait à elle. La voyait-il, assise près du feu sur le petit escabeau : lèverait-il la tête pour la voir se lever et se diriger lentement vers la roulotte, fixant sur lui un regard éloquent ? Le savait-il ? Le savait-il ?

Vaguement, elle regarda vers le nord, la pente de mélèzes sombres où, invisible, la route s'élevait dans la direction du sommet.

Rien ne paraissait, et ses yeux errèrent de nouveau vers le pied du talus, où la rivière faisait un coude et se brisait, rude et menaçante, contre les roches basses, puis se précipitait vers le pont, au-delà du jardin. Elle était d'une hauteur anormale, épaisse, bourbeuse et blanchâtre. « Écoute la voix des eaux », se disait-elle. Recommandation superflue, si voix signifiait vacarme !

Et, encore une fois, elle regarda vers le tournant où la rivière en crue déferlait avec fureur. Au-dessus était suspendu le sombre jardin potager avec ses vigoureux arbres fruitiers. Tout était en terrasse, bien exposé, face au midi et à l'ouest. En arrière, le petit bois escarpé de mélèzes à l'air flétri surplombait la maison et le jardin. Là-haut, à la lisière du bois, le jardinier travaillait.

Quelqu'un appela. C'était tante Cissie et tante Nell qui, dans l'avenue, faisaient des gestes d'adieu. Yvette répondit de même. Tante Cissie, élevant la voix pour dominer le fracas des eaux, cria :

– Je ne serai pas partie longtemps. N'oublie pas que grand-mère est seule !

– Bien ! hurla Yvette, vainement d'ailleurs, et elle s'assit sur son banc, regardant les deux femmes, si vulgaires dans leurs longs manteaux, traverser lentement le pont, puis grimper sur la pente opposée par la route en lacets. Tante Nell était chargée d'une valise dans laquelle elle apportait des effets pour grand-mère et qu'elle remportait pleine des légumes ou des provisions que pouvait céder le jardin ou le buffet de la cure. Peu à peu, les deux silhouettes rapetissèrent sur la route blanche et sinueuse, montant péniblement vers Papplewick. Tante Cissie allait jusqu'au village faire quelque course.

Le soleil jaunissait, déclinait à l'horizon. Quel dommage ! Oh ! quel dommage que ce jour radieux finît, et qu'elle eût à rentrer dans cette odieuse maison, et retrouver grand-mère ! Tante Cissie serait de retour dans un instant : il était plus de cinq heures. Et vers six heures, tous les autres rentreraient de la ville, fatigués et irritables.

Comme elle regardait autour d'elle, inquiète, elle entendit, à travers le tumulte des eaux, le bruit d'une carriole menée au grand trot sur la route invisible parmi les mélèzes. Le jardinier releva aussi la tête. Yvette se détourna de nouveau, hésitante, fit quelques pas au long de la rivière enflée, sans pouvoir se résoudre à rentrer. Elle jeta un coup d'œil vers la route, pour voir si tante Cissie revenait. Elle rentrerait si elle l'apercevait.

Soudain, elle entendit des cris et se retourna. Par le sentier, à travers les mélèzes, le gitan arrivait en bondissant. En haut, le jardinier s'était aussi mis à courir. Au même instant, elle perçut un terrible mugissement, qui, avant qu'elle eût pu faire un pas, se mua en un grondement formidable et assourdissant. Le bohémien gesticulait. Elle regarda derrière elle.

Stupéfaite et terrifiée, elle vit, au tournant de la rivière, surgir une vague monstrueuse : elle progressait, comme hérissée d'une crinière d'écume. L'effroyable clameur effaçait tout. Yvette se sentait anéantie, épouvantée et émerveillée à la fois. Elle voulait voir.

En un instant, cette montagne d'eau mugissante fut tout près. D'horreur, Yvette faillit s'évanouir. Le gitan hurla et bondit vers elle, ses yeux noirs exorbités.

– Courez ! cria-t-il en saisissant son bras.

Au même moment, la première vague déroba le sol sous ses pieds, et, dans un tumulte insensé qui soudain ressembla étrangement au silence, submergea le jardin d'un flot dévastateur. Oh, l'horrible déferlement de l'eau !

Le gitan l'entraînait vers la maison, péniblement, en titubant et en plongeant, mais ni l'un ni l'autre ne perdirent pied. Elle était à peine consciente, son âme semblait noyée aussi.

Près de la maison se trouvait une terrasse gazonnée. S'y agrippant, il parvint au niveau du sentier, encore à sec, tirant la jeune fille après lui, et s'élança avec elle vers les marches du porche. Avant qu'ils eussent pu les atteindre, une nouvelle masse d'eau s'abattit, fauchant les arbres au passage, et les balayant eux aussi.

Pleine d'angoisse, Yvette se sentit emportée dans un tourbillon d'eau glacée, mais la terrible étreinte du gitan sur son poignet ne se relâcha pas. Tous deux tombèrent et furent engloutis. Elle sentit quelque part une douleur sourde, mais violente.

Il la releva. Debout, ruisselant, il s'accrochait à l'énorme glycine qui tapissait la maison, écrasé contre le mur par la force de l'eau. Il tirait le bras d'Yvette jusqu'à le désarticuler ; elle tenait la tête hors de l'eau, mais ne parvenait pas à reprendre pied. Comme dans un cauchemar, en proie à un malaise atroce, elle se débattait en vain. Seule la main du bohémien, étreignant toujours son poignet, la maintenait à la surface.

Il l'attira plus près, et Yvette, de sa main libre, l'agrippa par la jambe. Il manqua tomber à nouveau mais se retint à la glycine, et hissa la jeune fille à sa hauteur. S'accrochant à lui avec désespoir, elle se remit debout ; il restait cramponné aux lianes de glycine, comme déchiré en deux.

L'eau dépassait ses genoux. Ils se regardèrent tous deux, blêmes, la figure ruisselante.

– Courez au perron ! cria-t-il.

Il n'y avait qu'à atteindre le coin de la maison : quatre enjambées ! Elle le regarda : elle en était incapable. Il lui lança un regard farouche, un regard de tigre, et la repoussa. Elle s'appuya au mur. Les eaux semblaient se calmer un peu. Au coin de la maison, elle chancela et fut précipitée contre la balustrade du perron, l'homme à sa suite.

Ils atteignaient le haut des marches quand un second mugissement se fit entendre à travers le tumulte et la maison trembla. De nouveau, l'eau se souleva vers eux, mais le gitan avait ouvert la porte du vestibule. Ils s'y précipitèrent avec le flot, trébuchant vers l'escalier. À ce moment, ils virent, dans le hall, sortant de la salle à manger, la silhouette incongrue de grand-mère, massive et courtaude. Quand l'eau tourbillonna autour de ses jambes, elle éleva en l'air ses mains crochues, et de sa bouche de carpe sortit un cri étouffé.

Pour Yvette, l'escalier seul comptait. Aveugle, indifférente à tout, sauf à ces marches qui s'élevaient au-dessus de l'eau, elle grimpait, comme un chat mouillé et frissonnant, dans une totale inconscience. Elle parvint au palier, ruisselante et si tremblante qu'elle devait s'accrocher à la rampe pour ne pas tomber, pendant qu'en bas le flot déferlait et que la maison tremblait sur ses bases. Là seulement, elle se rendit compte de la présence du gitan, trempé, secoué par la toux, et qui, nu-tête, contemplait à travers les mèches noires de ses cheveux dégoulinants, l'angoissante montée de l'eau. Défaillante, elle vit, surnageant comme une surprenante épave, grand-mère, la face violacée, ses yeux bleus éteints exorbités, l'écume aux lèvres. Une vieille main rouge se cramponna un instant à la balustrade, révélant l'éclat d'une alliance.

Le gitan dont la toux s'était calmée et qui avait rejeté ses cheveux en arrière, dit à cette flottante et horrible figure :

– Pas assez bonne ! pas assez bonne !

Encore une fois, la maison fut ébranlée par un choc sourd qui la secoua toute, et un craquement étrange se fit entendre. Semblable à la mer, le flot se souleva. La main disparut. Rien n'exista plus que l'eau mouvante.

Dans son égarement, Yvette, chancelante comme un chat mouillé, grimpa vivement au dernier étage. À la porte de sa chambre seulement, elle s'arrêta, paralysée par un fracas déchirant, angoissant, tandis que la maison vacillait.

– La maison s'effondre ! hurla de tout près le gitan livide.

Il jeta un regard terrible sur le visage affolé de la jeune fille.

– Où est le corps de cheminée ? Le corps principal ? Dans quelle chambre ? Il résistera.

Farouchement, il la regardait avec une étrange âpreté, la forçant à comprendre. Et elle, presque démente, hocha la tête avec une curieuse sérénité, disant :

– Ici ! Ici ! Tout va bien !

Ils entrèrent dans sa chambre où se trouvait une étroite cheminée. C'était une chambre donnant sur l'arrière de la maison, à deux fenêtres, une de chaque côté du grand corps de cheminée. Le gitan, toussant cruellement et tremblant de tous ses membres, se dirigea vers la fenêtre.

En bas, entre la maison et la pente raide de la colline, un torrent d'eau entraînait tout, dans son impétuosité, y compris la niche verte de Rover. Toussant toujours, il contempla ce spectacle d'un air morne. Les arbres, les uns après les autres, tombaient, couchés par l'eau, qui devait bien avoir dix pieds de hauteur.

Frissonnant et pressant ses bras contre sa poitrine trempée, une expression résignée sur sa figure blême, il se tourna vers Yvette. Un effroyable craquement déchira la maison, puis il y eut une explosion sourde.

Quelque chose avait dû s'effondrer ; une partie de la maison ; le sol se souleva et oscilla sous eux. Pendant quelques instants, le souffle leur manqua, ils furent comme paralysés. Puis il se ressaisit.

– Pas assez solide ! Mais cette cheminée résistera. Regardez, elle est comme une tour. Oui. Tout ira bien ! Tout ira bien !.... Enlevez vos vêtements et rentrez dans le lit, ou ce froid vous tuera.

– Je me sens bien ! Je me sens parfaitement bien ! répondit-elle, assise sur une chaise, en levant vers lui son petit visage blanc et affolé, encadré de cheveux collés par l'eau.

– Non ! cria-t-il. Non. Enlevez vos affaires, je vais vous frictionner avec cette serviette. Puis je me frictionnerai à mon tour. Si la maison s'écroule, nous mourrons réchauffés. Si elle tient, alors nous vivrons sans risquer la pneumonie.

Toussant, pris de violents frissons, il remonta son tricot en le tirant par l'ourlet, et lutta de toutes ses forces engourdies par le froid pour s'en débarrasser.

– Aidez-moi ! cria-t-il d'une voix étouffée par le lainage.

Obéissante, elle saisit le bord du jersey et tira de toutes ses forces. Le vêtement passa par-dessus sa tête et il apparut en bretelles.

– Enlevez votre robe ! Séchez-vous avec cette serviette ! ordonna-t-il d'un ton rude, brutal comme au temps de la guerre. Et fébrilement, il dépouilla son pantalon, sa chemise trempée qui lui collait au corps, surgissant mince, livide, et frissonnant de froid et d'émotion.

Il saisit une serviette et rapidement se frictionna, ses dents s'entrechoquant comme des castagnettes. Obscurément, Yvette sentit qu'il avait raison. Elle essaya d'enlever sa robe. Il arracha d'elle l'étoffe détrempée, plaquée contre son corps en une étreinte mortelle puis, continuant à se sécher, il s'approcha de la porte sur la pointe des pieds pour éviter le contact du plancher mouillé.

Tout nu, la serviette à la main, il s'arrêta, pétrifié. À l'ouest, là où avait été la fenêtre du dernier étage, il voyait le soleil couchant au-dessus d'une mer démontée, hérissée d'épaves et d'arbres arrachés. Le côté de la maison, où naguère se trouvaient le porche et le perron, avait disparu. Le mur s'était effondré, laissant les étages béants. L'escalier n'existait plus.

Immobile, il observait l'eau. Un vent froid soufflait. Avec un grand effort de volonté, il serra ses dents qui claquaient et rentra dans la chambre, fermant la porte derrière lui.

Yvette, nue, tremblante jusqu'à la nausée, essayait de se sécher.

– Tout va bien ! cria-t-il. Tout va bien ! L'eau ne monte plus. Tout va bien !

Transi, tremblant lui-même de tous ses membres, mais la tenant solidement par l'épaule, avec la serviette, lentement, il frictionna le corps délicat, essayant même de sécher un peu les pauvres cheveux de la petite tête.

Soudain, il s'arrêta :

– Il vaut mieux vous coucher, ordonna-t-il. Il faut que je me frictionne. Ses dents claquaient violemment, le faisant parler d'une voix saccadée. Yvette frissonnante, et à peine consciente, se glissa dans son lit. Lui, faisant des efforts surhumains pour se réchauffer à l'aide de la serviette, alla de nouveau vers la fenêtre du nord.

L'eau avait monté légèrement. Le soleil s'était couché et le ciel était pourpre. De ses cheveux noirs et mouillés, il fit, à force de les frotter, une masse emmêlée, puis s'arrêta pour respirer, repris d'un soudain accès de frissons. Il regarda au-dehors, se frotta la poitrine et se remit à tousser, tant il avait avalé d'eau ; sa serviette était rouge : il s'était blessé quelque part, mais ne sentait rien.

On entendait toujours l'étrange, l'énorme vacarme de l'eau et l'horrible choc d'épaves, heurtant les murs. Le vent s'était levé, froid et sec. La maison était secouée par de sourdes explosions, et des bruits fantastiques, terrifiants montaient vers lui.

L'âme saisie d'angoisse, il se dirigea vers la porte ; quand il l'ouvrit, le vent mugissant s'engouffra violemment dans la pièce. Par l'effrayante brèche, il vit le monde, le chaos effroyable des eaux, le crépuscule, la nouvelle lune, si pure au-dessus du couchant pâlissant, et les nuages poussés par un vent furieux et glacé, obscurcissant le ciel.

Serrant les dents, une terreur mêlée de résignation ou de fatalisme s'emparant de lui, il rentra dans la chambre et referma la porte. Ramassant l'autre serviette, plus sèche et moins tachée de sang que la sienne, il alla vers la fenêtre, se frictionna encore la tête.

Incapable de dominer ses spasmes nerveux, il se détourna. Yvette avait disparu sous les couvertures, et rien d'elle n'était visible sous le couvre-pieds blanc, qu'une petite forme secouée de frissons. Il posa la main sur elle comme pour la rassurer. Le tremblement ne cessa pas.

– Là ! Là ! Tout va bien ! L'eau baisse !

Elle découvrit soudain son visage blême, et, défaillante, regarda le gitan, dont la figure livide était singulièrement calme. Ses dents claquaient à son insu, tandis qu'il la contemplait, ses yeux noirs pleins encore d'un feu intense et d'une certaine sérénité sauvage due à son fatalisme.

– Réchauffez-moi ! gémit-elle, claquant des dents. Réchauffez-moi ! je vais mourir de froid.

Un affreux spasme, assez violent en effet pour la tuer, secoua son corps blanc tout recroquevillé. Il acquiesça d'un signe de tête et, la prenant dans ses bras, la tint serrée comme dans un étau, presque inconscient lui-même, pour maîtriser l'horrible et incessant tremblement qu'avait provoqué le choc nerveux. L'étreinte rude de ses bras autour d'elle semblait à Yvette le seul point stable parmi tout le chaos environnant. Elle procurait à son cœur affolé un soulagement un peu effrayant. Le corps du gitan, souple et musclé, s'enroulait étrangement autour du sien, comme des tentacules. Et bien qu'il fût parcouru de frissons, comme d'ondes électriques, la rigide tension des membres qui enserraient la jeune fille les apaisa tous deux. Graduellement, le violent tremblement causé par le choc nerveux s'estompa, chez lui d'abord, puis chez elle, et dans leurs deux corps la chaleur se ranima. Alors leurs esprits torturés, défaillants, sombrèrent dans l'inconscience, et ils s'endormirent.

CHAPITRE X

AVANT QU'IL FÛT POSSIBLE de traverser la Papple avec des échelles, le soleil brillait déjà dans le ciel. Le pont avait disparu, mais les eaux décroissaient. La maison, inclinée vers la rivière comme pour lui adresser un petit salut un peu raide, était entourée de boue et de décombres ; du côté sud-ouest, un grand monceau de débris et de maçonnerie écroulée jonchait le sol. Les ouvertures béantes des pièces étaient affreuses à voir !

À l'intérieur, aucun signe de vie. Mais, traversant la rivière, le jardinier était venu en reconnaissance, et la cuisinière apparut, frémissante de curiosité. Quand elle avait vu le gitan passer près de la maison en bondissant, croyant qu'il venait d'assassiner quelqu'un, elle s'était enfuie par la porte de derrière, à travers les mélèzes, jusqu'à la grand-route. Près de la petite grille du haut, elle avait trouvé la charrette arrêtée. La nuit venue, le jardinier avait conduit le cheval à Darley, au Lion Rouge.

Voilà ce qu'apprirent les hommes de Papplewick, lorsque enfin parvenus à traverser avec leurs échelles, ils atteignirent la partie arrière de la maison. Ils étaient inquiets, craignant qu'elle ne s'effondrât, sa façade étant minée par les eaux, et l'arrière enlisé ; avec consternation, ils contemplèrent, dans le bureau éventré du recteur, les rayons silencieux, vidés de leurs rangées de livres ; dans la chambre de grand-mère, le grand lit de cuivre profond et confortable, dont un des pieds était suspendu dangereusement au-dessus du vide. Dans celle de la servante, là-haut, tout n'était plus que décombres. La femme de chambre et la cuisinière pleuraient. Un homme passa avec précaution à travers un carreau brisé de la cuisine, et pénétra dans la fondrière, la jungle du rez-de-chaussée. Il y trouva le corps de la vieille femme, ou plutôt, il aperçut son pied boueux, chaussé d'un soulier plat et noir qui émergeait d'un monceau de débris couverts de vase. Et il s'enfuit.

Le jardinier certifia que miss Yvette n'était pas dans la maison. Il l'avait vue, balayée par les eaux en même temps que le bohémien. Mais le policier insista pour faire des recherches ; et les Framley arrivant enfin précipitamment, les échelles furent attachées bout à bout. Le groupe tout ensemble poussa un formidable hurlement. Mais sans résultat ; de l'intérieur, aucune réponse ne parvint.

Une échelle fut dressée et Bob Framley l'escalada ; brisant une fenêtre, il pénétra dans la chambre de tante Cissie. L'aspect parfaitement simple et familier du décor le terrifia comme l'eussent fait des fantômes. La maison risquait de s'écrouler d'une minute à l'autre. On était tout juste parvenu à ce que l'échelle atteignît le dernier étage, quand des hommes de Darley arrivèrent en courant, disant que le vieux bohémien avait repris, au Lion Rouge, le cheval et la charrette ; il faisait prévenir que son fils avait vu Yvette dans le haut de la maison. Mais déjà le policier était en train de casser les carreaux de la chambre de la jeune fille.

Quand la vitre vola en éclats, Yvette qui dormait profondément, sursauta sous ses couvertures, et poussa un cri de frayeur. Elle étreignit les draps pour cacher sa nudité. Le policeman émit un hurlement de surprise, transformé aussitôt en exclamation de « Miss Yvette ! Miss Yvette ! »

Se retournant sur l'échelle, il cria à ceux d'en bas :

– Miss Yvette est dans son lit ! dans son lit !

Et perché là sur son échelle, accroché à la fenêtre dans cette périlleuse position, ce célibataire ne savait quelle conduite tenir.

Yvette, assise dans son lit, les cheveux embroussaillés, serrait les draps contre sa gorge nue, en le fixant avec des yeux égarés. Son sommeil avait été si profond que son esprit était encore ailleurs. Le policier, peu rassuré sur son échelle flexible, entra dans la chambre en disant :

– N'ayez pas peur, miss ! Ne vous tourmentez plus. Vous voilà sauvée à présent.

Et Yvette, hébétée, pensa qu'il parlait du gitan. Où était-il ? Ce fut sa première préoccupation. Où était son gitan de cette nuit de fin du monde ? Il était parti ! Parti ! Et un policier se tenait dans sa chambre ! Un policier !

Elle passa sa main sur son front, encore hébétée.

– Si vous voulez vous habiller, miss, nous pourrions vous faire descendre à terre en sécurité. La maison va sans doute s'effondrer. Je pense qu'il n'y a personne dans les autres pièces ?

Il avança prudemment dans le couloir, et contempla avec terreur l'ouverture béante du côté démoli ; au loin, il aperçut le recteur qui descendait en auto la colline ensoleillée.

Yvette, désappointée et engourdie, se leva rapidement, et rabattit les draps sur son lit ; elle se contempla un instant, puis ouvrit les tiroirs pour y prendre des vêtements. Elle s'habilla et se regardant dans la glace, vit avec horreur ses cheveux tout collés. Pourtant, cela lui fut égal. De toute façon, le gitan était parti. Ses vêtements à elle gisaient en tas, tout imprégnés d'eau. Sur le tapis, une grande place humide, là où avaient été ceux du gitan, et deux serviettes malpropres et tachées de sang. Aucune autre trace de lui.

Elle se démêlait les cheveux quand le policier cogna à sa porte. Elle lui cria d'entrer. Il constata avec soulagement qu'elle était habillée et qu'elle avait repris ses esprits.

– Nous ferions bien de sortir de la maison le plus vite possible, miss, réitéra-t-il. À tout instant, elle peut s'écrouler.

– Vraiment ! répondit Yvette avec calme. C'est aussi grave que cela ?

De grands cris se firent entendre. Elle dut aller à la fenêtre. Là, en bas, se tenait le recteur, les bras grands ouverts, la figure ruisselante de larmes.

– Je vais parfaitement bien, papa ! dit-elle, avec une tranquillité engendrée par des émotions contradictoires. Vis-à-vis de lui, elle garderait secrète l'aventure du gitan. Mais en même temps, les pleurs coulaient sur son visage.

– Ne pleurez pas, miss ! Ne pleurez donc pas ! Le recteur a perdu sa mère, mais il remercie le ciel de lui avoir gardé sa fille. Nous pensions tous que vous étiez morte aussi. Vrai ! nous le croyions !

– Grand-mère est noyée ? demanda-t-elle.

– J'en ai peur, pauvre dame ! répondit gravement le policier.

Yvette sécha ses larmes dans un mouchoir, qu'elle était allée chercher dans sa commode.

– Aurez-vous le courage de descendre par cette échelle, miss ? demanda le policier.

Elle regarda l'échelle dressée dans le vide et se dit promptement : « Non. Pour rien au monde ! » Mais alors, elle se souvint des mots du gitan. « Affermis ton corps. »

– Êtes-vous allé dans toutes les chambres ? demanda-t-elle d'une voix entrecoupée de sanglots, en se tournant vers le policier.

– Oui, miss ! Mais vous étiez la seule personne dans la maison, à part la vieille dame, vous savez. La cuisinière s'est sauvée à temps, et Lizzie était chez sa mère. Nous n'étions tourmentés que de vous et de la pauvre vieille dame. Croyez-vous que vous oserez descendre par l'échelle ?

– Oh ! oui ! répondit-elle avec indifférence. De toute façon, le gitan n'était plus là.

Et alors, le recteur au supplice vit sa grande et svelte fille descendre lentement, à reculons, l'échelle fléchissante. Héroïque, le policier, de la fenêtre brisée, l'observait, tout en maintenant le haut de l'échelle.

Parvenue en bas, elle s'évanouit avec à-propos dans les bras de son père et fut emportée dans l'auto de Bob, qui les conduisit à la demeure des Framley. Là, la pauvre Lucile, pâle comme un spectre, se mit à sangloter de soulagement, jusqu'à la crise de nerfs. Tante Cissie elle-même criait au milieu de ses larmes : « Prenez les vieux et épargnez les jeunes ! oh ! comment pleurer la Mater, à présent qu'Yvette est sauvée ! »

Et elle versait des torrents de larmes.

L'inondation avait été provoquée par la rupture subite du grand réservoir situé à Papple Highdale, à cinq milles de la cure. On découvrit plus tard qu'un ancien tunnel de mines situé sous le réservoir, peut-être romain, en tout cas inconnu et insoupçonné, s'était affaissé, sapant ainsi le barrage tout entier. Cela expliquait pourquoi les eaux de la Papple étaient, ces derniers jours, si étrangement enflées. Et alors, soudain, le barrage s'était rompu.

Le recteur et ses deux filles demeurèrent chez les Framley, jusqu'à ce qu'on pût leur trouver une nouvelle habitation. Yvette n'assista pas à l'enterrement de grand-mère ; elle gardait le lit.

En faisant son récit, elle raconta seulement comment le gitan l'avait aidée à parvenir jusqu'au porche, et la façon dont elle avait rampé hors de l'eau, jusqu'à l'escalier. On savait qu'il était sauf ; le vieux bohémien l'avait dit en venant au Lion Rouge chercher le cheval et la charrette.

Yvette ne disait pas grand-chose. Vaguement, confusément et avec difficulté, elle semblait à peine se souvenir de ce qui s'était passé. Mais c'était bien dans sa manière habituelle.

Ce fut Bob Framley qui dit un jour :

– Vous savez, je crois bien que ce bohémien mérite une médaille !

Cette parole frappa soudain toute la famille.

– Oh ! nous devrions vraiment le remercier ! s'écria Lucile.

Le recteur y alla lui-même en auto avec Bob, mais la carrière était abandonnée. Les bohémiens avaient levé leur camp et étaient partis, nul ne savait pour où.

Et Yvette, couchée dans son lit, gémissait au fond de son cœur : « Oh ! je l'aime ! Je l'aime, je l'aime ! » La douleur qu'elle ressentait la laissait prostrée. Et cependant, avec son sens pratique elle se résignait à sa disparition. Son jeune esprit en comprenait la sagesse. Mais après l'enterrement de grand-mère, elle reçut une courte lettre, datée d'un endroit inconnu :

« Chère miss, je vois sur le journal que vous êtes tout à fait remise de votre plongeon ; il en est de même pour moi. J'espère vous revoir un jour, peut-être à la foire aux bestiaux de Tideswell ; ou peut-être reviendrons-nous encore de votre côté. Je venais ce jour-là vous dire adieu. Et je ne l'ai pas fait ; vrai, l'eau ne m'en a pas laissé le temps, mais je vis dans l'espoir. »

« Votre serviteur obéissant,

« Joe BOSWELL. »

Et alors, seulement, elle se rendit compte qu'il avait un nom.

BIBLIOGRAPHIE

Romans

The White Peacock (Le Paon blanc), 1911.
The Trespasser (La Mort de Siegmund), 1912.
Sons and Lovers (Amants et Fils), 1913.
The Rainbow (L'Arc-en-ciel), 1915.
Women in love (Amantes), 1920.
Kangaroo (Kangourou), 1923.
Aaron's Rod (La Verge d'Aaron), 1922.
The Boy in the Bush (Jack dans la brousse), 1924.
The Plumed Serpent (Le Serpent à plumes), 1926.
Lady Chatterley's Lover (L'Amant de Lady Chatterley), 1928.
The Man who died (L'homme qui connut la mort), 1929.
The Virgin and the Gipsy (La Vierge et le Gitan), 1930.

Achevé d'imprimer sur rotative
par l'Imprimerie Darantiere
à Dijon-Quetigny en
août 2005

Dépôt légal : août 2005
N° d'impression : 25-1056

Imprimé en France